警4
沼津客貨車区
静
85

國有鉄
日本國有鉄道

「RAIL WARS! Exp」

警四☆トロピカル戦線!

著者：豊田巧

目次

イラストレーター：バーニア600

00 プロローグ

すでに21世紀を迎えていたが、『國鉄』は日本最大の鉄道会社として君臨していた。路線の総延長は約二万五千キロを超え、この瞬間にも延伸され続けている。

だが、国家が運営する会社なんてものが、経営的に上手くいった試しはない。

國鉄の職員数だけでも約四十万人を突破し、車両製造、駅清掃、病院、バス、売店、立ち食いそば屋などと「國鉄に関係あるから」との理由だけで、無尽蔵に増えまくった國鉄関連会社は、國鉄本社でも把握出来ないくらいにまで増殖した。

当然、肥大化した組織はムダを生み出し、地方への新幹線建設を始めた頃を境にして、膨らみ始めた赤字は税金で補填されることをいいことに、巨大債務へと成長していった。

国会には「我が町にも鉄道を！」と叫ぶ、國鉄利権に巣くう鉄道族議員が多くおり、新幹線を建設しているにも関わらず、利用者が減りつつあった地方では新規の路線や駅の建設が精力的に続けられ、赤字ローカル線でも「公共交通機関は採算で判断するものではない」と強固な抵抗を行って一つも廃線させられない状態だった。

そんな国会議員らにも守られ、國鉄は何度かあった「分割民営化」を免れ、現在も国家が運営を行う国内最大の企業として、新幹線を北海道から鹿児島まで通し、各地方都市へも延伸中の上、ついにリニアモーターカーの建設まで始めていた。

更に國鉄職員や出入り業者の強い反発にあい、在来線の寝台特急、特急列車も減らすことは難しく、乗客が極端に少ない状況でも長大な列車が定刻通りに駅を出発していた。

こうしたことが可能なのは「親方日の丸」の『日本國有鉄道』だからだ。

無論、税金をムダ使いする國鉄に対する強烈な反発はあり、「國鉄の分割民営化！」を標榜する組織「RJ」が現れ、日々國鉄に対してテロ攻撃を仕掛けてきていた。

絶対に倒産することのない鉄道会社である國鉄は、就活生には大人気である。國鉄でも「学生鉄道OJT」という「高校二年生になれば、鉄道会社で働ける」研修制度を採用した。

これは研修過程で学生を気に入ったら「採用して下さい」という仕組みだが、学生にとっては「毎日が就職面接」となり、全員死に物狂いで働くこととなった。

そして、國鉄に入社し運転手になることを目指す、桐生鉄道高校二年生の「高山直人」は、うまく國鉄の学生鉄道OJTに滑り込んだが、今年からは「全員、鉄道公安隊での研修を命ずる」とのことで、なぜか激しく銃弾が飛び交う、東京中央鉄道公安室・第四警戒班に配属されることとなった。しかも第四警戒班には、「痴漢は射殺」と言い放つ「桜井あおい」、乱闘をピクニックのように楽しむ「岩泉翔」、前國鉄総裁の孫娘「小海はるか」と、一癖も二癖もある連中と一緒に配属され、高山直人はそんな警四の班長代理を命じられてしまった。

この物語はただ國鉄に就職したかった若者達が、鉄道公安隊で戦った青春の日々の記録であり、そして、その時は当たり前のように過ぎ去っていった……ただの日常の記録である。

01　応援任務　出発進行

俺は太陽が頭上からギラギラと照りつける、夏真っ盛りの砂浜の上に立っていた。

ウゥウゥウゥウゥウゥウゥウゥウゥウゥウゥウゥウゥウゥウゥウゥウゥ‼

突如、白く輝くビーチに響き渡るサイレン音。

サイレンが鳴り終わると、ガシャンとストッパーの外される音がした。

その瞬間に地面から勢いよく空中へ向けて発射された逆バンジージャンプのバケットシートから、水着姿の女子達の気持ちよさそうな悲鳴が聞こえてくる。

「**きゃぁぁぁぁぁぁぁぁぁぁぁぁぁぁ‼**」

空中高くへ放り出されたゴンドラはフワっと地上に落ちて、再び半分くらいの高さまで反動でビョ〜ンと跳ね上がる。

その度に「キャ〜」という楽しそうな声がしてきた。

「熱海もあっちぃ〜〜〜なぁ」

直上からジリジリと照りつける太陽を見上げながら、俺は鉄道公安隊の制帽を脱ぐ。

先月、南紀白浜で國鉄とタイアップした「ｕｎｏＢ(ユーノビィ)」のライブの警備任務を終えた俺達警四に、大湊(おおみなと)室長が「熱海へ行け」と命令してきたのだ。

中央に「団結！」と達筆な墨字で書かれた白い國鉄特製手ぬぐいをポケットから出した俺は、額からダラダラ流れてくる汗を拭いた。

この手ぬぐいの文字は、前國鉄総裁である小海さんのおじいちゃんが書いた字だそうで、近所のお祭りやご挨拶用に予算消化のために大量に作ったらしく、各駅に膨大に残っているらしい。

その一つを俺も東京中央鉄道公安室から頂いてきたわけだ。

ちなみに海岸での警備業務は「夏服でも熱中症で倒れる危険がある」とのことで、少し服装規定が緩められているから、俺はトランクスタイプの紺の水着を穿き、上には胸の真ん中に黒で動輪マークの描かれた白Tシャツを着ていた。

「プライベートで泳ぎに来れば、きっと楽しい場所なんだろうけどなぁ～～～」

目の前には幅百メートルほどの、緩いアーチを描く真っ白なビーチが広がっている。

白い砂浜の向こうには、どこまでも続く青い空と強い日差しを受けてきらめくエメラルドグリーンの海が続き、今日も空には筋雲一つないピーカンの天気だったから、少し沖合にある初島の島影もよく見えた。

浜辺の中央にはエメラルドグリーンに塗られた軌道大型クレーン車の「國鉄ソ１８０操重車」が、台車をつけたまま浜辺に設置されたレール上に載せられている。

國鉄ソ180操重車のブームの先端につけられた強化ゴムは、五点シートベルト付きの三列バケットシートのついたゴンドラが接続されており、逆バンジージャンプが楽しめるように改造されていた。

背面には海岸近くまで十階建てくらいの大型旅館がズラリと迫り、砂浜側には着物姿の女性を学生服姿の男がゲタで足蹴にしている有名な「貫一お宮」の銅像がある。

これは小説「金色夜叉」のワンシーンで、主人公の貫一の許嫁だったお宮が、ダイヤの指輪に目がくらみ金持ちの男と婚約して、それを聞いた貫一がこの熱海の海岸で問い詰めた上で、最後には「ふざけんなぁ」と足蹴にしたということらしい。

まぁ、今なら何かのハラスメントで、どこかの団体から抗議が来るのではないだろうか？

それに今の女子なら、蹴られる前に反撃に転じることだってあるだろう。

相手が桜井だったら……貫一は眉間に銃撃を受けて、確実に即死だろうな。

夏真っ盛りの熱海だから、周囲にはカラフルな水着を着た男女が、ビーチサンダルをパタパタさせながら行き交っていた。

弱い波が寄せては返す海岸線では、トロピカルなビキニを着た女子が円を組んで、ビーチボールを打ち合いながらハシャイでいるのが見える。

もちろん、家族連れのお客様も多いので、浜辺にはサマーベッド、大きなパラソル、レジャーマットがどこまでも広がっていた。

こんな場所の警備業務なんだから、

「鉄道公安隊員も麦わら帽子でいいか」

というわけにもいかないので、俺は仕方なく制帽を被っていた。

だが既に髪はシャワーでも浴びたように汗でびっしょりだった。

《じゃあ、逆バンジージャンプは、三十分間くらい休憩に入るからよっ！》

國鉄ソ180操重車に取りつけられたスピーカーから、岩泉による荒っぽいアナウンスが響くと、周囲のお客様から『えぇ～』と残念がる声が聞こえてきた。

「ったく、暑過ぎだろっ！」

キャブのドアを乱暴に蹴り開いて、岩泉が汗びっしょりで飛び出してくる。

これが乱闘をこよなく愛する、警四で俺の唯一の男子同僚の「岩泉翔」。

岩泉はブーメラン型の紺の海パンの上に、黄と黒のラインが交互に斜めに入った、ゼブラ模様の防弾チョッキを着こんでいる。

同じ高校二年生なのだが、岩泉の身長は百八十センチ以上ある上に、普段から体を鍛えまくっているマッチョ野郎なので、周囲の監視所にいる成人のライフセーバーの人達と間違えられそうな体格をしている。

だが、俺から見れば……単なる変態にしか見えんがな。

俺の横へやってきた岩泉は、白字で「今年こそ黒字へ！」とスローガンの書かれた黒い國鉄バスタオルで、上半身や顔を気持ちよさそうにキュキュと拭きだす。

「クーラーくらいつけておけよなっ！」

岩泉はガハッと笑う。

「しょうがねぇだろ……國鉄なんだから」

米軍の戦車には十数年前からあっても、自衛隊の戦車にはエアコンがいつまでたっても装備されないように、國鉄の保線車両にも夏や冬を快適に過ごすような装備は、長い間つけられることはなかった。

「保線車両に、そういった軟弱な装備はいらん！」

別に予算がないわけではないが、こういうところには妙なコダワリが國鉄にはある。

俺は右の人差し指を上にしてクルクルと回して見せた。

「國鉄ソ180操重車の操縦席には、扇風機がついていたろ？」

「そいつはムリだなっ」

白い歯をキラリと見せて微笑んだ岩泉は、バスタオルをグルグル回して続ける。

「サウナでタオルをグルグル回して、空気をかき回せばどうなるか分かるだろ？」

「余計に暑くなるだけか」

「そういうことだ、班長代理」

岩泉だけは俺のことを名前で呼ばずに、いつもこうして役職名で呼んだ。

「しかしまぁ、なんで國鉄は熱海の海岸に、わざわざこいつを持ってきたんだかなぁ〜」

俺と岩泉は青い空へ登る階段のように続く、長い鉄骨ブームを見上げた。

國鉄ソ80形事故救援用操重車の最終ナンバーであるソ180は、長い間沼津機関区の片隅で埋もれていたが、こうして逆バンジージャンプの発射台として復活させていた。

車両全長が十メートル以上あって、通常のクレーン車と同じように、後部にはカマボコ型の屋根を持つ回転式キャブが載っており、前方に折り畳み式の鉄骨ブームがある。

鉄骨ブームを伸ばすと十五メートル以上になり、先端にあるフックは四階建ての屋根ぐらいの高さになった。

フックには何本もの強化ゴムを引っかけてあって、それが地上に仕掛けられたバケットシート付のゴンドラに繋がっていて、椅子の底にあるストッパーを「バンジー‼」というアルバイトの掛け声と共に外して、空へ向かって勢いよく発射していたわけだ。

ちなみに岩泉は「クレーン運転士試験」に、すでに合格しているとのこと。

なんだか知らないが、岩泉は高校二年生の割には色々と免許を持っている。

そんな岩泉、曰く……。

「クレーン運転士試験は、割と簡単だったからなっ」

ということで取ったらしい。

工事現場で働く場合に必要になる免許の交付は、十八歳になってかららしいが、ここは「國鉄の敷地内」ということで、アトラクションの係員として担当することになったのだ。

岩泉は海水浴を楽しんでいる人達を見つめる。

「こんな仕事、本当に鉄道公安隊員が、やらなきゃならないことなのか？」

それについては、俺も否定はしない。

「さぁな〜。学生鉄道ＯＪＴで國鉄にきた連中は『死ぬ気で働くアルバイト』程度に思ってんじゃないか？　國鉄本社の偉い人達はさぁ」

「死ぬほど働くのはいいんだが、敵がいねぇつうのはなぁ〜」

気にしているのはそこか!?

「敵とか……物騒なこと言ってんじゃねぇ！」

鋼のような岩泉の肩にバシッと突っ込んだ俺の手の方が痛い。

次の瞬間、両側のホルスターから目にも見えないスピードで伸縮式警棒を取り出した岩泉は、ガシッと胸の前でＸ字に構えてニヒッと歯を見せて笑う。

近くを歩いていた二人の大学生っぽい二人は「うわっ」と飛び退いて驚き、小学生の三人組はパフォーマーか何かと思って「すげぇ～」と尊敬の眼差しで見つめた。

「こらっ、岩泉。こんな場所で伸縮式警棒を出すなって！」

「毎日クレーン操作だけじゃ体がなまっちまうぜ、班長代理」

伸縮式警棒をクルクルと回した岩泉は二つの先端同士をぶつけて一気に両方を畳むと、そのまま左右のホルスターにストンと入れる。

俺はお客様が安心して楽しんでいる平和なビーチを眺めた。

「まぁ、その気持ちは分からなくもないけどなぁ～」

熱海には警護対象となる者がいないのだ。

確かに週末には國鉄のイベントがあって、浜辺に作られたパルテノン神殿をイメージした真っ白な特設ステージに、アイドルグループｕｎｏＢが出演予定だった。

だが、先月襲ってきた國鉄からＲＪに寝返った広報部にいた千歳の狙いは、結局小海さんだったわけだから、ｕｎｏＢが國鉄のイベントに出演したところで、それほど危険な事態が発生するわけじゃない。

それに……そんなイベントとは関係なく、俺達は一週間前から熱海の海岸を警備している。

しかも今日からまだ一週間程度は「熱海応援」は続くのだ。

これはどう考えても、鉄道公安隊の行う警備業務ではない。

たぶん國鉄は……単に人手不足な場所に、学生鉄道OJTの者を送りこんでいるだけだ。

俺の頭の中には、会議室で紙切れのように扱われている俺達の名簿が見えた。

「しかしよう？　どうして、鉄道公安隊が鉄道とは関係ねぇ海水浴場を手伝うんだ？」

岩泉に聞かれた俺はクルリと振り返って、二両が平行に並んだ車両を指差す。

そこには國鉄で使い古されたステンレス車両國鉄キハ35系900番台が、台車をつけたままビーチに対して横向きに設置されている。

太陽からの強い日差しを受けてギラリと光る銀の車体の周囲には「氷」「浮き輪」「シャワー」「着がえ出来ます」などのノボリが立ち並び、パンタグラフには「熱海　國鉄海の家」と書かれた看板が掲げられていた。

「あれが國鉄の海の家だからな」

「そんなことまでやってんのか？　國鉄って」

岩泉が首をひねる。

「なんでも、鐵道省だった頃から『鉄道利用の促進』を狙って、逗子を始め多くの海水浴場に、國鉄は自前の海の家を作っていたらしいぞ」

俺は呆れたように小さなため息をフッとつく。

「それから『今も続いている』ってことか？」

「國鉄最大の海の家は、藤沢駅長が所長を兼務する『逗子 國鉄海の家』で、コンクリート製二階建ての気合の入った建物には脱衣場、浴室、食堂を完備していて、従業員も常時三十人はいて、看護師まで常駐らしいからな」

「へぇ〜さすが『鉄道に関すれば、なんでも有』の國鉄だな」

俺はしっかりと頷く。

「それに……國鉄の基本は『一回始めたらやめない』ってこともあるからなっ」

顔を見合わせた俺と岩泉は苦笑いし合った。

その時、脱走兵か泥棒を見つけた時に聞くような、甲高いホイッスルが浜辺に鳴り響く。

ピイイイイイイイイイイイイイイイ!!

咥えていたホイッスルを唇から離すと、紐で首から吊っていたからペンダントのように首元に垂れて左右に揺れる。

続いてフワァァァァンと大きなハウリング音がして、ビーチ全体に響くように強い口調の女子の声が響き渡る。

《**コラァァァァァァ!!　そこの男子っ、カメラをどこ向けてんのっ！**》

これが俺の警四の同僚の一人にして、嫌いなものは男で銃が大好きな「桜井あおい」だ。

サイドに白字で「警四」と書かれた黒いハンドマイクを持ち、桜井がガーガーわめく。

俺は岩泉と並んで、海岸沿いをパトロールしている桜井を目で追った。

「桜井は楽しくやっているみたいだぞ」

暑さでバテ始めていた俺は、元気そうな桜井が微笑ましく見えた。

《ほらほらっ！　渋谷のクラブじゃないんだから、この海岸ではナンパ禁止！》

もちろん、そんな決まりはないのだが、桜井が毎日ルールを勝手に増やしているのだ。

「この海岸のルールブックは、私よっ！」

と、桜井は自信満々で毎日警備業務に邁進しているが、このままほっておいたら来週には海の家が捕虜収容所みたいになってしまいそうだった。

「楽しんでる……つうより、ヤケになってんじゃねぇか？」

目を細めて見つめた岩泉はフンッと鼻を鳴らす。

「だけどさぁ～ああやって桜井がカメラ小僧だの、ナンパ兄ちゃんを細かく注意してくれればさぁ。きっと熱海國鉄海の家は『平和が続く』ってことさ」

ハンドマイクで叫びつつ、肩で風を切るようにビーチを一周してきた桜井は、俺達が二人で立っていたのを見つけてノシノシと近づいてきた。

左右の肩が前に後ろに勢いよく動いている時点で、かなり機嫌が悪いことが分かる。

「なに〜？　これは白浜で千歳を取り逃がした、警四への懲罰ってこと〜〜〜⁉」

口を尖らせた桜井が、俺達の前へやってきて胸を持ち上げるように両腕を組んだ。

桜井は白浜で気にいったらしく、熱海でも同じような格好で警備任務をしている。

スタイルのいいボディラインがしっかり出るような、縁に紺のラインの入ったワインレッドのワンピースの水着を着て、その上から黒のタクティカルベストを着ていた。

タクティカルベストは鉄道公安機動隊員などが主に使用する、手榴弾や予備弾倉を入れておく装備で、前面には徽章や名札と共に「鉄道公安隊」と白文字が入り、背面には「警四」と書かれている。

桜井はそんなタクティカルベストの前ポケットに、ホルスターに入れた手錠や銃などの装備をギッシリ入れていた。

こうして桜井がタクティカルベストを着込むようになったのは、白浜での警備業務の時に「水着でかまわんが、鉄道公安隊員と分かるようにしろ」と大湊室長から言われたから。

そして、水着になってしまうと、他に装備を持ち歩く方法がなかったのだ。

「懲罰ってことはないいんじゃない？」

俺がそう言いながら微笑んでも、桜井のブスッとした機嫌の悪い表情は変わらない。

「どうしてよっ、高山？」

「だって、飯田さんは『夏休みの熱海なんて休暇みたいなもんよ〜』って言っていたしさ〜」

すぐに「はぁ⁉」と口を開いた桜井は、両手をバンと広げて叫ぶ。

「どこが休暇なのよっ⁉」

振り返った俺は、家族連れやカップルで賑わう海の家の周辺を見つめる。

「ここは平和そのものじゃないか〜。俺はこういう研修を望んでいたんだよ〜。毎日が『異常なし！』それが大事なことなんだぞ〜鉄道会社っていうのは」

俺がウンウンと頷いていると、桜井はドイツ製オートマチックが差し込んであるショルダーホルスターのベルトを親指でパチンと弾く。

「私たちがこんなことしている間に、悪党どもが犯罪を……」

グッと目を細めた桜井は、右手でグリップをサッとにぎった。

数か月の付き合いで桜井の行動パターンが分かってきた俺は、同じタイミングで銃のスライド後部に右手を伸ばしてギュッと力強く上から押さえつける。

「こっ、こんなところで、銃を出すなぁ〜〜桜井！」

「べっ、別に撃たないわよっ」

双方の力が拮抗し、俺と桜井は至近距離で睨み合うような感じになる。

「じゅ、銃はなぁ……出すだけでもダメなんだっ！」

俺達は銃を挟んでギリギリと押し合う。

「きっ、きっと……銃を見れば、犯罪者は犯行を止めるわ。つまり……犯罪抑止よっ」

「桜井、何を言っているんだよ〜〜〜⁉」

「私は熱海の正義を守りたいだけよっ！」

鼻がつきそうな距離で言い合っていたら、岩泉は首の後ろに両手を組んで呆れる。

「なんだ〜また夫婦喧嘩かよ？」

そこだけは気があって、桜井と俺は岩泉にガッと振り向いて同時に言い返す。

『**違うって！**』

「素直じゃねぇなぁ〜」

肩を上下させて岩泉はニヒッと笑った。

その時、國鉄海の家から、胸元にフリルのついたベビーピンクのビキニを着た、ダイナマイトボディ女子が出てくるのが見えた。

この女の子がもう一人の警四の同僚「小海はるか」さんだ。

うん？　あれは誰だろう……。

今まで海の家の食堂にいたらしい小海さんは、高級そうなティアドロップサングラスをかけた、ロマンスグレーの髪の渋い感じのおじいさんと一緒に出てきた。

おじいさんの顔には上唇を覆うように、シェブロンと呼ばれる丁寧に整えられた髭がある。

風になびくような柔らかい生地の白い半袖シャツを着て、下には白いデニムのショートパンツを穿いていて、その人だけが高級リゾート感を漂わせていた。

二人は海の家の前で向かい合わせで立ち止まる。

両腕を胸の上に組んだまま、小海さんは入口でおじいさんにペコリと頭を下げた。

「ごちそうさまでした～」

おじいさんはギラリと輝く太陽をサングラス越しに見上げる。

「こんな天気だからな。あんまり無理せんようにな、はるか」

「は～い。大丈夫で～す。私、鉄道公安隊に入ってから、かなり鍛えられましたから～」

小海さんは元気よく両腕を上げて見せたが、二の腕にはなんの力こぶも出来なかった。

苦笑いで見つめたおじいさんは、水着で露出していた肩をポンポンと叩く。

「そうか。また、時間があったら顔を出す」

おじいさんがサッと右手を上げて歩き出す。

すると、すぐに脇から黒い細身のスーツを着た若い男が寄りそうように現れて、海岸沿いの道路に停車中だった黒塗りの車へ先導する。

車は日本製だが、大物政治家が乗り込むのをテレビで見るタイプの高級車だった。

おじいさんも手慣れていて、スーツの男が後部ドアを開けるのを待って悠然と乗り込んだ。

小海さんはお嬢様だからなぁ。熱海に住んでいるお金持ちの知り合いでもいるんだろうな。

ゆったりと走り去っていく車を見ながら、俺はそんなことを思った。

車に向かって小さく右手首を振った小海さんが、クルリと振り向いて俺達を見つける。

その瞬間、小海さんは眩しいくらいの笑顔を見せた。

「あぁ〜みんな〜」

体を左右に揺らしながら、小海さんが浜辺をサンダルでタタッと走り寄ってくる。

なっ、なんて破壊力のワガママボディ！

胸の大きな小海さんが走れば、重力の影響を受けて大きく左右に揺れた。

こんなにかわいくてナイスバディの上、小海さんは國鉄関係者のお嬢様なのだ。

國鉄で一番上に君臨するのは、総裁。

おじいさんが一つ前の総裁なので、孫娘の小海さんは生粋の國鉄サラブレッド。

うちみたいに國鉄関係者が一人もいない高山家とは、まったく血統が違う。

小海さんも桜井と同じく、水着の上にタクティカルベストという格好。

だが、タクティカルベストメーカーも、ここまでのワガママボディの人が使用するのは想定していなかったらしく、小海さんは前のファスナーを閉められず羽織るように着ていた。

ちなみに銃を装備しているのは桜井だけ。

俺と岩泉と小海さんの武器は伸縮式警棒だけで、あとは鉄道公安隊手帳と手錠くらいだ。

顔を見合わせた俺達はニコリと笑い合う。

『お疲れさん！』

胸の前で腕を組んでいたのは、そこにペットボトルを四本抱えていたからだった。

小海さんが胸元に抱えてきたミネラルウォーターは、現在、國鉄関連会社がボトリングして全国の駅の自動販売機で絶賛販売中の「リニアウォーター」。

日本アルプス直下、大井川上流付近の國鉄リニアトンネル工事の際、毎分四十トンにもおよぶ猛烈な出水が発生し、工事にも大きな障害になりかけた。

そこで國鉄はバイパストンネルを作って大部分の水を大井川へ戻したが、一部の水については近隣に作った工場までパイプで届け、そこでボトリングして出荷するようにしたのだ。

そこで、小海さんは両腕を組んだまま、胸を前へグッと突き出すようにする。

なっ、何をするんですか⁉　小海さん⁉

「これ、みんなの分だから、一人一本とって！」

大きな胸を囲むようにグルリと並ぶ、四本のミネラルウォーターのペットボトルを小海さんは見つめながら言う。

えっ⁉　ここから取っていいの⁉

手渡しではなく胸元から引き抜くというところが、なんとなくエロく感じてしまった俺は、すぐには右手を動かせずゴクリとツバを飲みこむ始末だった。

ジト目で俺を見た桜井は「ハァ」と小さなため息をついて、もちろん、なんの躊躇もすることなく胸元からスルリと抜き出す。

「ありがとう、はるか」

「すまねぇな。喉がカラカラだったんだよな」

岩泉も気にすることなく、小海さんの胸元からペットボトルを受け取った。

二本になった瞬間、小海さんはストンと落として両手に持ち換えて、右手に持ったペットボトルを俺の胸元へ突き出した。

「はい！　高山君」

俺の手が遅いのが悪いのだが、何か酷くもったいないことをしたような気が……。

「あっ、ありがとう……小海さん」

俺が受け取ろうとすると、さっそくキャップを開いて水をジャブジャブ喉へ流し込んでいた桜井が、いやらしい目つきで俺のほうを見ながら呟く。

「はるか～真ん中に挟んで出してあげたほうが、きっと喜ぶわよ、高山はっ」

すぐに分からなかった小海さんは「真ん中？」と首を傾げる。

だが、俺の頭の中では小海さんのチョコレート色のクロスチェックのビキニに包まれた巨乳の間に、太い五百ミリペットボトルがギュッと左右から挟まれているイメージが瞬時に浮かびあがり、炎天下ということもあって倒れそうになる。

なんちゅうエロいことを言う⁉

体に熱いものが漲った俺の顔はパッと赤くなった。

「なっ、何を言ってんだ！　桜井」

「どういうこと？　真ん中に挟むって～？」

まだ意味が分かっていない小海さんは、頭に「？」を浮かべていた。

両手を開いた俺は、小海さんの目の前でブンブンと何度も左右に振る。

「いいからっ、いいからっ！　小海さんはそんなことは分からなくてもっ！」

「そうなの？」

「ありがとう、小海さん」

俺は小海さんの右手からペットボトルをパシッとひったくる。

そんな俺の態度がおもしろかったらしい桜井は、また水を勢いよく飲みながらククッと

※イメェジ映像

お腹を抱えて笑っていた。

　俺もスクリューを回してキャップを外し、ペットボトルの飲み口を唇につけて水を飲んだ。

「うぉぉぉ～生き返る～」

　キンキンに冷やされていた水が熱い喉を通って胃に達し、体中に染み渡っていく。

　知らないうちに体から水分が奪われていたらしく、いくらでも飲めそうな勢いだった。

「やっぱりお水が一番いいよね」

　小海さんは嬉しそうにニコリと笑う。

　俺の横で岩泉は、まるで栄養ドリンクの小瓶のような勢いで、五百ミリペットボトルの水を一気に飲み干して、豪快に「ブハァァァ」と声をあげる。

「ふぅぅ～助かったぜ、小海。クレーン車の操縦席内は、干からびちまいそうなくらいの暑さだったからよ～」

「それならよかった～」

　ニコニコと笑う小海さんに岩泉が聞く。

「そういや、さっきのじいさん誰だ？」

「……おじいさん？」

　すぐに分からなかった小海さんは、小首を傾げる。

「ほらっ、海の家から一緒に出てきた人だよ。サングラスかけていた人」

俺が説明したら「あぁ～」と声をあげてからフフッて笑う。

「あの人はねぇ～」

小海さんがそこまで言った時、海のほうが突然ザワッと騒がしくなった。

「なんだ？」

俺達が全員で一斉に海へ振り向くと、遊泳禁止区域との境に浮かべてあるブイに沿うようにして、全長七メートル程度の白いクルーザーが横づけにされている。

いつの間にか、外洋からやってきたようだった。

甲板には短パンにアロハという、いかにもチャラい男らが二人ほど立っていて、周囲にいたビキニ姿の女子グループに向かって甲板からナンパしている。

「どう？　豪華クルーザーでクルージングしねぇ？」

金髪を短く刈り込んだ男の方が、甲板から身を乗りだして話しだす。

「えぇ～どうしよっかなぁ～」

「いいじゃん、いいじゃん。楽しいことしようぜぇ～」

女子らはまんざらでもなさそうだが、海水浴場の安全を守る俺達には、このクルーザー客は排除しなくてはならない。

「あれはちょっとマズいな」

小海さんが船を見ながら、丸暗記している海水浴場に関する法律を呟く。

「県の条例で『海水浴場近くでは、原動機推進の船など、人体に危害を及ぼすおそれのある器材を使用してはならない』って決められているのにねぇ」

船というものは停船しているから安全というものでもなく、船舶の後部には回転カッターとも言うべきスクリューがあるから、少しでも動き出せば危険が生じる。

また、急旋回、疾走などで起きた波によって、浮き輪、ゴムボートなどが転覆する可能性もあるからだ。

「今からクルーザーパーティーするからさ」

「えぇ～なんのパーティ～？」

楽しそうに笑う女子に向かって、金髪の男はニヤニヤいやらしく笑いかける。

「そりゃ～男と女が集まったら、やるパーティーは決まってんだろ～よ」

「えぇ～なんかエロくない？」

「そんなことないない、ぜんぜんないって！」

金髪の男は笑いながら、持っていたビールの缶をポイと海へ捨てた。

「あの人……きっと飲酒運転よねぇ～」

そう呟く小海さんに、飲み干して空になったペットボトルをポ～ンと放り投げた桜井は、ユラリと体を左右に振ってからニヤリと笑う。

「やっと来たわね、本物の犯罪者が！」

なぜ、この状況で楽しそうに目をギラギラと輝かせているんだ⁉

左手にハンドマイクを握りしめ、桜井が海を目指してお客様で埋まっているビーチ中央をズカズカと通り抜けていく。

警四班長代理として身の危険を感じた俺は、桜井のあとを急いで追いかける。

すでに桜井の右手は、胸元のショルダーホルスターにかかっていた。

「こらこらっ、危ないことするなって」

「何言ってんのよ、高山。今こそ熱海國鉄海の家を守るために配備されていた、鉄道公安隊員の意味があろうってもんでしょ？」

「そっ、それはそうかもしれねぇけどさぁ～」

桜井が何をしでかすか、予測がつかないので不安だったのだ。

「それとも何？ 犯罪者を『見逃せ』とでも？」

そんな正論を言われてしまったら、班長代理としては言い返せない。

「いや……それもダメだけどさぁ。あくまでも……穏便にな、桜井」

「わかってるわよっ」

そう言って微笑んだ桜井の顔には、小悪魔のような影が見えた。

「俺もまぜろ〜〜〜‼」

何を考えているんだか分からないが、岩泉は小学生がかくれんぼにでも参加するくらいの勢いで、ニコニコしながら全速力で追いかけてくる。

たくさんのお客様のいた白い浜辺のド真ん中を突っ切って、チャプチャプと波が寄せてきていた波打ち際までやってきた桜井は、胸を張って仁王立ちになった。

突然の水着姿の鉄道公安隊員の登場に、周囲の注目が一斉に集まる。

まるでアイドルのように桜井は視線を気にすることもなく、黒いハンドマイクを持ち上げて口元にあてボタンをギュっと握って叫んだ。

《おい、こらっ―――――‼》

どうして、わざわざ相手を怒らせるような声のかけかたをする? 桜井。

周囲のお客様からはクスクスと失笑が漏れ、甲板の上でナンパしていた二人の男は『あ〜ん』といった雰囲気で睨むようにこちらに振り向く。

《オンボロ漁船を我が國鉄の誇る熱海高級リゾートビーチへ横づけしている、そこの不届き者！ すぐにナンパを止め、動力を使用することなく、そこから離れろ！》

口元に両手をあてた金髪の男は必死に言い返す。

「**漁船じゃねえ！　クルーザーだっ**」

その顔は日焼けでなく、完全に怒ったことで真っ赤になっていた。

そこで、やっと追いついてきた小海さんは「へぇ～」と船を見つめながら呟く。

「二十フィートくらいかなぁ。あんなかわいいクルーザーもあるんだぁ～」

アハアハと笑った俺は、一応、小海さんに聞いてみる。

「まさか～小海さん家もクルーザーあるの？」

「あるよ～。私がもうあまり乗らなくなったから、お父様が船を小さくしちゃったけどぉ～」

小海さんが親指と人差し指の間に、本当に小さなすき間を作って見せる。

「それはどれくらいの大きさなの？」

小海さんはあごの横に、伸ばした右の人差し指をチョコンとあてながら思い出す。

「確か～百十フィートくらいかな」

岩泉は「ほぉ」と口を丸くする。

「三十三メートルくらいか」

「三十三メートルって!?　鉄道車両一両よりも大きいじゃん！」

アハハと笑った小海さんは、右手を立てて左右に振る。

「そんなことないよ～。海に浮かべると、お船って小さく見えるから～」

何言ってんですか？　小海さん。でかいもんは海でも陸でもでかいです。

小海さんは恥ずかしそうな顔で、右手を左右に振りながら続ける。

「ベルニナが持っている『エーデルシュタイン号』は百四十フィートくらいあって～、あれくらいだったら確かに『少しは大きいかな？』って気がするけどねぇ～」

庶民生まれの俺には、金持ち達の船遊びがまったく理解出来ない。

「全長四十メートル以上か～。そりゃ～もう小国のミサイル艇クラスだな」

岩泉は楽しそうにガハッと笑った。

ニヤリと笑った桜井は、改めて警告を行う。

《その小舟がスワンボートだか、ゴムボートだかは知らないわよ！　なんでもいいから、すぐにそこから退去しなさい。だけど、あんた達はもう海水浴エリアに入っているんだから、エンジンをかけずにねっ！》

鉄道公安隊員にそこまで言われてしまったら、近くでナンパされていた女子らのテンションが下がってしまい、手を振って「じゃあね」と言いながら船から離れていく。

ナンパを邪魔されて「あぁ～」と残念そうな声をあげた男達が、こっちをキッと睨んだかと思ったら、金髪の方が大声で叫んだ。

「この國鉄の犬が――‼ お客様の楽しみを邪魔すんじゃねぇ――‼」

金髪のやつはゲラゲラ笑い、もう一人の少しメタボ体型で麦わら帽子を被っていた男は、俺達へ向かってペットボトルを投げ捨てて舌を出す。

波打ち際から沖合のブイまでは、約六十メートルの距離があったこともあって、男らは自分達のところまで来られないと思っているので、余裕の顔でケンカを吹っ掛けてきた。

國鉄の犬呼ばわりされるのは嫌だったが、テロリストのＲＪからはよく言われた。

俺はそんな二人を見ながら少し呆れる。

「態度の悪い奴らだなぁ～」

「はぁ～～～ん？」

一度下がった音程が尻へ向かって上がっていき、桜井の目尻にグッと筋が走る。

……嫌な予感しかしねぇ。

桜井の額がピクリと動き、頭の中からプチンと何かが切れる音がした。

左腕をスッと下げて砂浜にハンドマイクをポトリと落とした桜井は、体をユラリと揺らして不敵な笑みをフッと浮かべる。

サッと状況を察した小海さんは右側、岩泉は左側に立って両手を横に広げて微笑む。

「はぁぁぁい。皆さん、危険ですので、十メートルほどお下がりくださ～い」

「すまねぇ。ちょっと下がってくれ。みんなにケガして欲しくねぇからよっ」

　お客様らは首を捻りつつ、ゆっくりと小海さんと岩泉の誘導に従ってくれたので、浜辺の真ん中に幅十メートルくらいのエリアが、モーゼの海割りのように開けていく。

　その時、俺にも桜井のやろうとしていることが分かった。

「おっ、おい桜井！」

　俺は右手を伸ばしたが、こういう時は西部で伝説になった「ビリー・ザ・キッド」をも超える早抜きを見せて、桜井は阻止しようとする俺の手をいとも簡単にすり抜ける。

　フッと見たらショルダーホルスターからはオートマチックが引き抜かれており、桜井は両手でメタボ体型の男の頭にピタリと狙いをつけていた。

「すでに警告は行った！　すぐさま手をあげて海へ飛び込み下船せよ。さもなくば貴様らを威力業務妨害の現行犯として射殺する！」

　なぜかハンドマイクよりも、桜井の叫び声は周囲に響き渡った。

「おいこらっ。國鉄の海水浴場の営業を邪魔したから、確かに『威力業務妨害』かもしれねぇけど、その罪で『射殺』は許可されていねぇぞ！」

　俺が横からオートマチックのスライドをバシッと摑んだが、完全な射撃体勢に入った桜井の腕はピクリとも動かない。

「いいのよ。冥土の土産に『口は災いの元』ってことを教えてあげるんだからっ」

「それは地獄のエンマ大王とか鬼の役目だっ」

「じゃあ、地獄の仕事が少しでも減るように、私が代わりにやってあげるわ～～」

正に小悪魔のような、最も美しく輝く恐ろしい笑顔を見せた。

そうしている間に小海さんと岩泉はイベント用の三角コーンを並べて、立ち入り禁止エリアをしっかり完成させていた。

周囲のお客様はギャラリーとなって、俺と桜井の動きに注目する。

「あのなぁ～桜井――」

俺がなだめようとした時、金髪の男がこちらまで聞こえるような大声で叫んだ。

「この税金ドロボウの、木っ端役人が――――!!」

そのセリフは、俺も我慢ならなかった。

桜井の銃から手を離し、俺は振り向いて叫ぶ。

「なんだと――――!!」

ニヒッと笑った桜井は、猫なで声で俺の耳元に囁く。

「少しは～懲らしめたほうがいいんじゃな～い？　ああいう奴らは～高山～」

俺も腹が煮えくり返ってきたので、少し冷静さを失ってしまう。

俺は甲板で小躍りしている二人の男を、右の人差し指を伸ばしてビシッと指す。

「桜井、犯人の射殺はダメだが、少し教育してやれ！」

ニコリと笑った桜井は、銃を持ったまま「了解！」と小さく敬礼した。

桜井はお客様の整理が終わって、側へ戻ってきていた小海さんに聞く。

「はるか、あのボートのエンジンってどこにあるの？」

小海さんは体を左右に揺らしながら、少し背伸びしてボートを見つめる。

「そうねぇ〜小さな船は、だいたい後部に外付けしてあると思うけど〜」

男らの乗っている船の白い船体を見ると、確かに後部に黒い船外機と呼ばれるスクリュー付のエンジン部分が見えた。

「あった。ありがとう！」

右目だけをパチンとつむった桜井は、スッと銃身を右側へそらす。

おいおいおい⁉　空への威嚇射撃じゃないのか〜〜〜⁉

俺はてっきり空へ向けて撃つものだと思っていたが、桜井が狙いをつけていたのは船体後部のエンジン部分だった。

だが、この状態で止めに入って銃口がブレてしまったら、ヘタをすると浜辺や岩場で跳弾してお客様がケガをしてしまうかもしれない。

俺に出来たことは、心の中で手を合わせて祈ることだけだった。

狙いが外れて、結果的には海への威嚇射撃となりますよう〜〜に。

普通に考えれば……波で上下する船のエンジンなど撃ち抜くことは出来ないのだから。

「そんなもんが当たるわけないだろ〜〜〜!!」

「撃てるもんなら撃ってみろ――――!!　このヘッポコ警官がっ」

この状況に至っても船の男らは、余裕の顔で自分のケツを叩いて見せていた。

きっと、海を中心に生活している彼らの耳には入らなかったのだろう。

東京駅には「すぐに銃をぶっ放す悪魔のような鉄道公安隊員がいる」ということを……。

俺がツバを飲み込み見つめる前で、桜井は両足を肩幅に開いてスッと息を止めた。

浜辺中にいたお客様達は一瞬で静まり返り、桜井の動きに注目する。

ギリッとグリップを握って狙いを固定し、そっとトリガーを引き絞った。

タ――――――ン!!

九ミリ弾を発射するオートマチック独特の軽い音がして、弾丸が銃口から飛び出す。

さすがに初めて聞く本物の銃声に、男二人は飛び上がった。

「うっ、うわぁ〜〜〜」

そのままバランスを崩したメタボの方は、足を滑らせて後ろの海へザブンと転落する。

大きな水柱が起きたと同時に、後方の船外機のカバーがバンと大きな音をたてて吹き飛ぶ。

エンジンの金属部が露出され、そこからは一本の細く黒い煙が立ち昇った。

弾が当たった部分を見つめた俺は、目をパチパチとさせる。

「不発？ いや、エンジンカバーを飛ばしただけか？」

結局、十分な威嚇射撃となったことに、俺はホッと胸をなで下ろしていた。

満足そうな顔をした桜井は、両手で持った銃を胸元へ戻して銃口を上へ向ける。

「そんなことないはずよ〜。だって、手応えがあったから」

「手応え？」

これは銃を撃つガンマン特有の感覚だろうか？

離れた場所にある物を撃ったのに「手応えがある」という感覚がいまいち理解出来ない。

だが、こうした感覚は警四班長である飯田さんや、鉄道公安機動隊の五能隊長からも似たような感じのことを聞いたことがあった。

腰が抜け甲板でペタリと座り込んでいた金髪の男が「へぇ？」って顔で見つめた瞬間、
ボカ――――――ン!!

と、後部のエンジンブロック全体が、勢いよく吹き飛んだ。

「エンジンを切っておかなかったのか。そんなことしたから、燃料に引火しちまって爆発してしまうのも仕方ねぇな」

フフフッと笑いながら、岩泉が冷静に分析する。

すぐに船外機は赤い炎をあげて燃え始め、空へ向かって黒煙が上がりだす。

「どう？　お望み通りに、ちゃんと撃ってあげたわよ～～～!!」

笑顔の桜井に向かって、金髪の男は目から涙を流しながら叫び返す。

「**本当に撃つやつがあるか――――!!**」

なんとか甲板から立ち上がった金髪の男はバケツをキャビンから取り出して、後部へ走っていって海から水を汲んではエンジンにぶっかけ始めた。

やばい、火事なんて見たら、海水浴場がパニックになるぞ⁉

俺はそんな心配をしたが、お客様は別な反応をした。

『**おぉぉぉぉぉぉぉぉぉぉぉぉぉぉぉぉぉぉぉ!!**』

突如、熱海の海岸が歓声によって「地震か⁉」というくらいにビリビリ揺れる。

お客様からは割れんばかりの拍手が巻き起こり、ピィピィと指笛がいくつも響く。

「いいぞ、鉄道公安隊！」「よっ、正義の味方！」「さすが國鉄の守護神！」

と言ったような賛美が浜辺を飛び交った。

知らないうちに背面の旅館の窓からも見ていたギャラリーがいて、そこから撒かれた白い紙吹雪が桜井のバックにハラハラと舞っていた。

それに気がついた桜井は、オートマチックをクルクルと回してからショルダーホルスターにストンと突っ込み、後ろに振り返って両手をYの字にあげながら声援に応えた。

「警備へのご協力、ありがとうございま〜す。これでお客様を犯罪者から救えました〜」

銃撃したのが水着を着たスープロポーションの美人女性鉄道公安隊員だったことで、男性客を中心に周囲の盛り上がり方はもの凄いものになっていった。

これでいいのか〜本当に〜？

俺には「始末書もの」としか思えないが、お客様は桜井の味方となって盛り上がっていた。

その時、近くにいた子供たちが一斉に海を指差して叫ぶ。

『あっ！ 悪い奴らが逃げるよ〜〜〜』

桜井と一緒に俺も海のほうを見る。

『うんっ？』

燃えた船外機を外して海へ投げ捨てたらしく、すでに火災は鎮火していた。

だが、それで動力がなくなってしまったので、二人は海に入って船尾に並んでバタ足をして、船を押しながら逃走しようとしていたのだった。

「往生際が悪い人達ねぇ～」

桜井が銃に手をかけようとするが、それについてはさすがに止める。

「ここで撃ったら、あいつらに当たるだろ」

「大丈夫よ～泳げないように、手か足だけにしておくから～」

「手も足も撃つなっ！」

「じゃあ、犯人の逃走を許すの？」

俺はすぐに「仕方ない……」と言いかけたが、桜井は周囲をクルリと見回す。

「こんな状態でぇ～？」

今まで盛り上がっていたお客様らからは、

「逮捕しろよ」「なんだ、取り逃がす気か⁉」「何やってんの⁉　鉄道公安隊！」

といった感じの声が聞こえ、無言のプレッシャーがズシリと背中にかかってくる。

桜井はショルダーホルスターに、ゆっくりと右手を伸ばしていく。

「ほらほら～ここはもう射殺じゃな～い？」

「バカなことを言うなよっ」

俺はすぐにそう言ったが、恐ろしいことに熱海の海岸はパリのギロチン処刑前か、近未来のヒャッハーな世界のタイマン格闘技場のように、ギャラリーから『銃殺』コールでも起きそうな殺気立った雰囲気だった。

恐るべし集団心理。どっ、どうする⁉

俺が焦っていると、浜辺の中央に設置してあった軌道大型クレーン車「國鉄ソ180操重車」のスピーカーから大きな声が響く。

《ここは俺に任せろ――――!!》

それは岩泉の声で、知らないうちに國鉄ソ180操重車の操縦席に移動していたのだ。

國鉄ソ180操重車は固定されているので、一ミリたりとも移動することは出来ない。ブームが少し持ち上げられ、回転式キャブが回って海とは反対側へ向けられていく。

それを見ていた俺の目が大きく開いていく。

「なっ、何をする気だ⁉」

岩泉が何をしようとしているかは分からなかったが、背筋を冷たいものが走って、嫌な予感がビリビリしていた。

俺は急いで砂浜に落ちていたハンドマイクを拾い上げて口元にあてる。

《おい、岩泉――!! どうするつもりだ――!!》

ハンドマイクでの問いに、岩泉は國鉄ソ180操重車のスピーカーで答える。

《犯人を逃がさなきゃいいんだろう～班長代理》
《いや、目的じゃなくて！ どうするかを説明しろ――――!!》
《そいつはムリだなっ！ 班長代理》
マイクには岩泉がフッと笑う声も入った。
《なんでムリなんだよっ!? ちゃんと説明しろよ！》
《そんな時間はねぇ～よ》
大声での公開指示のやり取りに、浜辺中からクスクスと笑いが起きた。
《おっ、おまえなぁ――――!!》
回転キャブを海に対して背を向けたところで、岩泉がボソリと呟やく。
《そこに立っていると、危ねぇ～ぞ班長代理》
俺はハンドマイクを外して聞き返す。
「なんだって？」
「そこ危ないんだって～～」
小海さんは知らないうちに、桜井と一緒に浜辺の中央からは退避していて、他のお客様と一緒に浜辺に腹這いになっている。
気がつけば浜辺でボンヤリ立っているのは、俺一人だけになっていた。

俺が首を傾げていると、岩泉の気合の入った叫び声が熱海の空に響いた！

《チェストォォォォォォォォォォォォォォォォォォォォォォォォォォ‼》

次の瞬間、國鉄ソ180操重車のキャブがアームと一緒にブンッと勢いよく回転した。

なっ、なに——⁉

俺はそこに現れた光景に目を見張った。

もの凄い勢いで回ったアームが、一気にこちらを向いたと思ったら、その先端に装備されていた、釣り針のような巨大フックがガシャンと外れて、勢いよくシュルルルと海へ向かって伸びていく。

まるで磯釣りをしている釣り師のように、岩泉は回転で発生する遠心力を利用して、クレーンのフックをサイドスローの要領で海へ向かって投げ出したのだ！

「バッ、バカやろう！」

俺に出来たことは、そう叫ぶことだけだった。

重さ数トンはあるはずの巨大フックが、俺の横をマッハでキュルルルと通り過ぎる。

「危ない？」

巨大フックに続くワイヤーがミュンミュンと恐ろしい音を立てながら、追いかけるようにして浜辺へ向かって飛んでいく。

死ぬ、絶対に死ぬ！　一歩でも動いたら死ぬ！

俺は直立不動の体制で、ワイヤーが伸び切るのを待った。

やがて、海のほうからガシンと大きな音がして、ワイヤーの張りが弱り浜辺に落ちた。

「なんだ？」

やっと体を動かして振り返ってみたら、岩泉の放った國鉄ソ180操重車のフックは、見事に逃走しようとしていた船の窓からキャビンに突入している。

もちろん、窓ガラスは粉々に砕け散り、左舷側のフレームも重いフックを喰らってグニャリと「くの字形」に折れ曲がっていた。

船には詳しくないが、きっと、これは致命傷になるだろう。

「なんでクレーンのフックで、船を攻撃するんだよ？」

桜井は立ち上がり、俺に向かって歩きながらニヤリと笑う。

「岩泉の目的は、そうじゃないわよ」

「そうじゃない？」

俺が聞き返した瞬間、國鉄ソ180操重車のエンジン音がガァァァァァと一気に大きくなって、マフラーからは黒い排気が煙幕のように周囲に噴き出す。

《國鉄熱海海之家名物 **口説船**（ナンパ）**一本釣りショーだ――‼**》

ガシンとギアが入る音がして、國鉄ソ180操重車からガガガガッとモーターがワイヤーを巻き上げていく音が響き出す。

すると、フックについていた太いワイヤーがピンと張り直され、逃走しようとしていた船を浜辺へ向かってゴォォォと引き寄せ始める。

『**おぉぉぉぉぉぉぉぉぉぉぉぉぉぉぉぉぉぉぉぉぉぉぉぉぉぉ‼**』

さっきよりも大きな歓声が巻き起こり、熱海の海岸は「海外のロックスターでも来たのか？」といったくらいに人だかりが出来、一目見ようとした車によって海岸沿いの道路は渋滞し始めた。

お客様は「ハイ！　ハイ！　ハイ！」と、キッチリとタイミングを合わせて拍手を始め、その間隔は船が浜辺へ近づいてくるたびに短くなっていく。

まるで野球の九回裏の守備を見守る観客の「あと一人コール」のような雰囲気。

指笛、掛け声、コール、叫び声が入り混じり、ビーチはもの凄い盛り上がりを見せた。

もちろん、國鉄ソ180操重車の巨大ディーゼルエンジンパワーに、たった二人の男のバタ足なんぞでは敵うわけもなく、船体にめり込んだ数トンのフックを外すことも出来ない。

國鉄熱海 海之家名物
口説(ナンパ)船一本釣り
突放禁止

男らは空しく色々な努力を続けたが、ものの三分ほどで船ごと浜に引っ張り上げられた。

そこでお客様の盛り上がりは最高潮を見せ、拍手拍手また拍手となった。

船の側ではニタニタ笑う桜井が、腕を組んで仁王立ちで待っていた。

「熱海國鉄海の家へようこそっ」

國鉄ソ180操重車の操縦席のドアがバ～ンと開いて、岩泉もビーチへ飛んでくる。

「俺達から逃げようなんて、十年早ぇ～てんだ」

ガハハハッと岩泉は鬼のような高笑いをしてみせた。

ビーチに打ち上げられた二人の顔は殺人鬼にでも襲われたかのように、顔からは色が抜けて真っ青に染まっていて、体は生まれたての子鹿のようにブルブル震えていた。

「たっ、助けて……ください。おっ、俺達が悪かったです」

「あんなこと言って……本当に……本当に……すいやせんでした～～～」

二人とも目を大きく見開いてしまい、黒目は恐怖でカクカク揺れ動いていた。

これは……どう見てもやり過ぎだよな～。

俺はそう思ったが、ここまで盛り上がってしまったお客様の手前、このまま無罪放免というわけにもいかないだろう。

今更ながらではあるが、俺は男二人に鉄道公安隊手帳をパタリと開いて見せた。

鉄道公安隊手帳の上部には俺の顔写真があって所属名が書いてあり、下部には蒸気機関車の動輪をあしらった金のバッジがはめられている。

「すみません。俺、鉄道公安隊・東京中央鉄道公安室・第四警戒班の班長代理をしています、高山直人って言います。静岡県条例違反の疑いでお話しを聞かせてもらえますか？」

二人は消え入りそうな声で囁く。

『わっ、わかりました……』

子猫でも摑むような感じで、岩泉は両手で二人の腕を持ってヒョイと立たせた。

「岩泉、お前はあの船を危なくないところへ移動させて、周囲を三角ポールで囲っておけ」

「了解だっ」

國鉄ソ180操重車の操縦席へ走った岩泉は、アームを操作して船をゆっくりと吊り上げ始める。

「じゃあ、事務所はあっちなんで」

俺が海の家のほうを指差すと、二人は顔を下へ向けたまま素直に歩き出す。

そんな二人の前を俺が歩き、後ろを小海さんと桜井がついていく。

もちろん、そんな最中も周囲からの歓声と拍手は絶えることがなかった。

「お騒がせしました～。どうぞ、ごゆっくりお楽しみくださ～い」

そんなことを言いながら、中央に開いたスペースを片付けつつ海の家へと戻った。

事務所は國鉄キハ35系900番の後ろにあるプレハブ小屋にあった。

そこで、車両の正面を回って裏手へ歩き、

「中へ入ってください」

と、事務所のドアを開いて、交番のようにテーブルとパイプ椅子しかない部屋に二人を入れた時だった。

突如、紺のズボンに白い半袖シャツを着た細身で、とても真面目そうな感じの男の人が声をかけてきた。

「あのっ、すみません！」

その口調からは少し興奮しているのが分かった。

歳は二十代前半くらいで、かなり度の強そうな茶の丸い眼鏡をかけている。

肩には大きなレンズのついたデジカメをかけていて、右手にはスタイラスペン、左手には電子メモを持っていた。

そして、この人を俺は知っていた。

「あぁ～確か……熱海ネットニュースの記者さんでしたよね？」

週末に行われる予定のｕｎｏＢライブ時の取材許可証を、この人がもらいにきたので俺は覚えていたのだ。

「そうです、そうです」

「何かご用ですか？」

記者さんはグイッと俺に迫る。

「さっきのこと、うちでネット記事にさせてもらいたいんですが！」

「きっ、記事に～⁉」

一瞬戸惑ったが、後ろで桜井が楽しそうな声で言う。

「いいんじゃないの～？　警四の活躍を書いてもらったら～」

首だけ回した俺は少しうなる。

「こういうのって、ちゃんと國鉄の広報を通さないとダメなんじゃないのか？」

「何言ってんのよ～？」

振り返った桜井は、満員のお客様で溢れる浜辺を見つめて続ける。

「あれだけのお客様に、さんざん写真と動画を撮られたのよ～。きっと、何もしなくても数時間後にはどこかのＳＮＳから一気に拡散するわよ。変に事実じゃないことが広まったら、反対に國鉄本社から怒られるかもしれないわよ」

「そっか～そうだよなぁ～」

もし、桜井の射撃シーンだけや、岩泉の一本釣りショーだけをアップされたら「一般客に暴力を振るう鉄道公安隊！」って噂になりかねない。だったら、事件の経緯について、ちゃんとした報道の人に書いておいてもらった方が、変な誤解が広まらなくていいか？

それでも、あまり研修中に目立ちたくない俺は、こんな警四の派手なニュースが出ることにハァと小さなため息をついた。

ニコリと笑った桜井は、パシンと小海さんと肩を組み記者さんに一歩近寄る。

「私達の活躍を格好よく書いてくださいねっ！」

記者さんはしっかりと頷く。

「もちろんです！　皆さんは『熱海の海を守った正義の味方』ですから！」

「いいじゃない。私達にピッタリのタイトルね」

桜井は上機嫌だが、それを見るハメになる飯田さんや大湊室長のことを思うと、少し気が遠くなりそうだった。

「正義の味方なぁ～」

そう呟いた俺は、記者さんを見て続ける。

「じゃあ、すみませんがよろしくお願いいたします。本当に簡単でいいので……」

「分かりました。私も事件は全て目撃していましたので、内容については任せてください」

記者さんは自信満々の顔で言った。

そして、少しすまなそうな顔で、肩のデジカメをクルリと回して右手に持つ。

「あの～そこで一つお願いがあるのですが……」

俺は事務所のドアを見る。

「あの人達の写真はムリですよ。まだ逮捕したわけではありませんので」

首を横に振った記者さんの答えは、少し意外なものだった。

「そうではなく～。そこのお二人の写真を使わせて頂きたいのですが～」

記者さんは肩を組んでいた桜井と小海さんを指差す。

「この二人はですねぇ～～」

すぐに断ろうとしたが、桜井は小海さんの手を引きながら、俺を押しのけて記者さんの前に飛びだした。

「いいですよっ、キレイに撮ってくださいね！」

「ちょ、ちょっとあおい～～～」

小海さんは顔を真っ赤にして照れまくっているが、ノリノリの桜井の方はあっという間にショルダーホルスターから銃を取り出し、両手で持ってガチャリと上向きに構えた。

「やっぱり銃が写っていたほうがいいですよね⁉」

熱海ネットニュースでは、絶対にそんなことを求めていないはずだぞ、桜井。

「いや～その～銃は別にあってもなくても～」

困っている記者さんを無視して、桜井は「こうですか？」「こっちです？」と次々にポージングを決めていくが、どれもスパイアクションか、ギャング映画のポスターで見かけるような雰囲気だった。

「たっ、高山君～」

小海さんの目が助けを求めていたけど……このまま桜井だけを撮ったら「君も鉄道公安隊へ！」的な勧誘記事か、「逃走犯、お前は逃げられないぞ！」的なキャッフレーズが入りそうな指名手配犯を追い詰める記事になりかねない。

俺は小海さんだけに見えるように、右手を立てて頼み込む。

「ゴメン……穏便な感じでまとめてくれる？」

小海さんは少し頬を膨らませる。

「もうっ、高山君が言うなら……協力するけど～」

「夕食の後にデザート奢るからっ」

俺は両手を胸の前で合わせる。

「約束だよっ、高山君」

ニコリと笑った小海さんは、桜井に向かって話し出す。

「あおい～そんなんじゃ、記事を見たみんなが怖がっちゃうよ～」

「えっ⁉　銃を見たら『かわいい』って思うでしょ⁉　普通」

どこの国の「普通」なんだ？　そりゃ。

俺はもう一度小海さんに両手を合わせてから、記者さんに頼んでおく。

「じゃあ、二人のことはよろしくお願いします。鉄道公安隊のイメージアップにつながるような記事を是非お願いします」

「はい、私もそのつもりですから、任せてください」

記者さんはにこやかに応えた。

その雰囲気に安心した俺は、事務所のドアを開いて中に入り、取り調べを始めた。

02　予想外のポイント　場内警戒

熱海國鉄海の家勤務の唯一の良いポイントは、必ず17時には閉店なところ。

海水浴に来たお客様は15時を過ぎた頃から減り始め、16時頃にはシャワー室と着替え室が最も混雑する。

そして16時を越えると、太陽の日差しは陰り海風が少し冷たく感じるようになる。

こうなったら食べ物もまったく売れなくなるので、残ったものは「夕食にどうですか～‼」と叩き売られ、看板やノボリを片付けていくようになる。

この時間になったら気温も落ちてくるので、俺達も水着とタクティカルベストから鉄道公安隊の夏制服に着替えておく。

鉄道公安隊の夏服は、白い半袖シャツに男子は紺のズボンで、女子はタイトスカートだ。

やがて終了三十分前くらいになったら、アルバイトが「本日はありがとうございました～」と、何度か放送を入れてお客様には帰路についてもらう。

そうやって準備をしておくので、営業終了時刻の17時を迎える頃には、すっかり閉店準備が整い、

「はい、今日の営業は終了！」

と、店長代理が言い放って、毎日定刻に営業は終了する。

これは安定した人生を送りたい俺にとっては、理想的と言っていい職場。

最後に車両のドアをロックし、プレハブ小屋の入口にはシャッターを下ろして終りだ。

ちなみに熱海國鉄海の家の最高責任者は、熱海駅長が兼務している。

もちろん、駅長が海の家へ来るのは、海開きと店仕舞の時くらいで、実際の運営は熱海駅で駅弁を売っている國鉄関連業者「春華屋」に任されている。

いつも帰る時には春華屋から出向させられている三十歳くらいの店長代理に、俺達は挨拶をしてから帰る。

『お疲れ様でした～』

「あぁ、今日は大変だったたな」

「いえ、あれくらいのことがないと、私達がいる意味がありません！」

桜井はグッと胸を張りながらフンッと鼻から息を抜く。

いや、別になくてもいいよ……あんなことは。

俺は心からそう思っている。

「失礼します。では、また明日」

そう言って三人と歩き出した俺は、桜井の後頭部にパシンと軽い突っ込みを入れておく。

「後処理が面倒なんだからなっ」

「なによっ。鉄道公安隊が、正義を行使しただけじゃない！」

桜井は不満気に頬を膨らませる。

「静岡県条例違反、公務執行妨害の罪くらいはあるだろうけどな～。そんなもんくらいで銃撃を喰らって、船を破壊されてもいいってことはないだろう」

桜井はすっと目を細める。

「高山だって、止めなかったクセに～」

「あっ、あの時は！　俺もカッとなってしまったから……な」

あんなことで冷静さを失うなんて、俺もまだまだだということだ。

「それでどうなったの？　あの人達」

反対側を歩いていた小海さんが聞く。

「あぁ～一応照会をかけてみたけど、今までにいくつか犯罪歴があるようだから、静岡の鉄道公安隊に引き渡して処分は任せることにしたよ」

「それで？　壊した船はどうなるの？」

俺は小海さんを見ながらフッと微笑んだ。

「それが……あの船は盗難船だったみたいでさ～」

「盗難船⁉　じゃあ、盗んだ船でナンパしていたの？　あの人達……」

驚いている小海さんに、俺はコクリと頷く。

「どうもそうみたい。まぁ、さすがにあんなに怖い目にあったから、かなり反省しているみたいでさ。船についても『自分達で弁償します』って、言っているみたいだから、鉄道公安隊で『弁償しろ』ってことにはならなそうでよかったけどね……」

俺はフゥと小さなため息をついた。

「じゃあ、とりあえず丸く収まりそうなのね」

小海さんは少しホッとした表情で微笑む。

「そうだね。あの人達も二度と海水浴場には、近づかないと思うし……」

俺も答えながら微笑みを返した。

海岸沿いの道路を渡った俺達は、熱海駅へと続く細い坂道を登っていく。

岩泉が黙っていたので振り向くと、左手の真ん中に右の人差し指を立てて中心辺りをグリグリとこねくり回している。

「新しいミリタリーマッサージか？」

「ちげぇよ。スマホをイジってんだよ」

よく見ると大きな左手の中に、スマホがスッポリと隠れていた。

「珍しいな。岩泉がスマホを触っているなんて」

「今日の事件がネットで『話題になっているかな』って思ってな」

嬉しそうな顔で画面をスクロールさせていた岩泉は、フッと指を止め「あんっ⁉」と変な声をあげて目を大きく見開いた。

「どうかしたのか？」

岩泉はスマホの画面をグイッと俺へ向ける。

「大活躍した俺が載ってねぇ！」

スマホを受け取った俺は「うん？」と呟きながら、画面をスルスルとスクロールした。

それは熱海ネットニュースのサイトだった。

一番上に「熱海の海を守る正義の味方！」と大見出しがあって、スクロールしていくと今日の事件についての詳細が書かれていた。

少し心配だったけど、記者さんがとても好意的に記事を作ってくれていたこともあって、下のコメント欄も概ね好評といった雰囲気だった。

そして、一番下には桜井と小海さんが並んで写った大きめの画像が貼られていた。

俺は岩泉に笑いかける。

「取材が来た時、お前いなかったろ？」

「呼んでくれりゃ〜いいじゃねぇか」

近づけた顔に右手をおいて、俺はグイッと押し戻す。

「卒業アルバムじゃないんだから、全員が写らなくてもいいだろ～」

つまらなそうな顔になった岩泉は口を尖らせた。

「こういうチャンスは、滅多にないかもしれねぇぜ」

「あるある、きっと何度もあるよ～心配すんな」

そんな目に合うのは絶対に嫌だが、ブツブツうるさいので適当に答えておいた。

「見せてっ」

桜井が俺の手からスマホをスッと引ったくる。

「おぉ～さすが、私とはるか。格好良く写っているじゃん」

桜井の横から小海さんが、首を伸ばして覗き込む。

「本当に～？」

チラリと見た瞬間、小海さんはカッと顔を赤くした。

「ちょっ、ちょっと！　これ恥ずかしくない⁉」

記者さんはきっと何枚か撮ったと思うけど、少し屈んだポーズの画像を使ったから、巨乳の胸が更に強調されてバーンと大きく写り込んでいた。

桜井は画像と実物をチラチラと見比べる。

「別にぃ～いつもと変わらないわよ」

今度は小海さんが桜井から、パシンと引ったくる。

「本当に⁉　いつもこんな感じに見えているの～～～⁉　私」

巨乳の人ほど、他の人からどう見えるかを、あまり気にしていない。

小海さんだけが恥ずかしそうにしていたが、それについては三人で頷いて応えた。

「はっ、恥ずかしい～～～」

小海さんは顔を電気が入ったみたいに赤く輝かせ、両手で隠すようにして画面を見つめる。

そんなところで隠しても、世界中に配信されていますよ、小海さん。

「しかも～私のこと『凄いお金持ち……』とか書いてあるしぃ」

「それは事実じゃない」

桜井はフフッと笑うと、小海さんはフルフルと首を左右に振る。

「うちなんてベルニナのところに比べたら、足元にも及ばないわよ～」

お金持ちの人ほど、いつも「うちは貧乏」って言う。

そして、比べる相手が「国を持っている人」って、どうなんですか？　小海さん。

目を左右に動かしながら記事を読んでいた小海さんが、フッと目線を止める。

「あれ～。これ間違ってるよ、名前のところ」

小海さんが二人の写っている画像の下のテキストを俺達に見せる。

そこには**『大活躍の鉄道公安隊員、正確無比の國鉄ガンマン、桜井隊員（右）、國鉄幹部の御出身のお嬢様、小海隊員（左）』**と書かれているのだがキッチリ逆になっていた。

頭を伸ばしてきた岩泉が、後ろから画面を覗き込む。

「これじゃ桜井の方が、大金持ちのお嬢様ってことになるな」

「ったく……何間違えてんのよ〜あの記者」

桜井は少し恥ずかしそうな顔で口を尖らせた。

「あの記者もバカだな。見た瞬間、漂う気品から、すぐに分かるだろうに」

その瞬間、桜井が俺の胸に軽く裏拳を叩き込む。

しっかりと真ん中に入って、俺はケホケホとむせた。

「なにサラリと失礼なこと言ってんのよ？　私にもお金持ちの気品が漂っていたから、あの記者さんも『どっちか分からない』と思って、こうして記述を間違えちゃったんでしょう〜〜〜が。分かる？　高山」

ジト目になった俺は桜井のボディを、改めて上から下まで舐めるように見つめる。

「漂う気品〜？　硝煙の匂いじゃなくて？」

「大きなお世話よっ！」

俺の頭に桜井は右手でパスッとチョップを落とした。

「でも～間違えているのは良くないよね？」

少し心配そうな小海さんに、俺は微笑みかける。

「明日連絡しておくよ。熱海ネットニュースに」

そこで俺達は熱海駅前に出てきた。

駅前はトラック型のロータリーになっていて、タクシーがズラリと横づけされている。

戦争前に改築されたままになっている熱海駅は、エメラルドグリーンの鉄板の屋根を持つレトロな平屋建てで、中央の小さな三角屋根の下には丸い時計があった。

駅前を通る歩道へ向かって張り出した屋根をY字型の鉄骨が支えている。

駅舎の左側には一階が土産物屋、二階に飲食店が入る昔ながらの二階建ての駅ビルが続き、熱海から帰ろうとする観光客に、おばちゃん達が最後の売り込みを必死にかけていた。

鉄道公安隊の熱海分室は、その駅ビルと駅舎に挟まれた場所にひっそりとある。

熱海分室は軽井沢駅前にあるのと同程度。

静岡の鉄道公安隊本部は静岡駅にあって、夏の間だけ忙しい熱海には、常駐一名といった配置の交番みたいな感じだった。

そして、熱海分室の対応は、軽井沢分室よりも酷く……、

「四人も応援に来てくれるなら、その間に熱海分室の担当者には夏休みをとらせるよ」

と、本来の担当者までいない状態にされていた。

建物としてはあるが、基本的に鉄道公安隊員を配置していないということらしい。

まぁ、どこの鉄道公安隊も事件の多さに対して、極端な人手不足らしいから……。

そこで銀のドアの真ん中にあるガラス窓には「只今、海岸の海の家におります。ご用の方は下記までご連絡ください」と、海の家の電話番号が書かれた札が掛けられていた。

俺は熱海分室の人から借りている鍵をポケットから出して鍵穴に入れて回す。

ガチャリという金属が擦れる音がして、熱海分室の鍵が開いた。

六畳間ほどの室内には、年季の入ったパイプ椅子とスチールテーブルが真ん中にデンと置いてあり、周囲は長年の間に溜まった書類が入ったロッカーに囲まれている。

奥には二段ベッド二つが並べられている仮眠室があり、そこで俺達は寝起きしている。

とはいっても……周囲が眠れないレベルの激しいイビキをかく岩泉だけは、仮眠室の横にあるロッカー室の床に寝袋を敷いて寝かせているがな。

あとはお湯を沸かせる給湯室とトイレくらいしかない、とても小さな建物だった。

熱海分室に風呂はないが、近くに日帰り温泉利用の出来る旅館やホテルがあるので、俺達は毎日そういった場所を利用して生活していた。

「暑っ」

一日エアコンもかけずに締め切っていたから、室内の空気は温められている。

すぐにエアコンの運転ボタンをピッと押す。

「窓開けるね～」

小海さんがトコトコと歩いて左側の窓をカラカラと開くと熱海駅のホームが見え、一つ向こうの2番線には、緑の斜めラインが側面に入っている白い車体が見えた。

「おっ、L特急踊り子か」

俺が呟くと、時刻表を全て暗記している小海さんが、間髪入れずに答える。

「17時18分発のL特急踊り子54号ね」

二人で見つめていると、フォォンと気笛が鳴って列車が東京方面へ動き出す。

「やっぱりL特急踊り子は、國鉄185系が似合うな～」

次々と目の前を通過していく車両を目で追いながら、俺はウンウンと一人で頷く。

東京と伊豆半島を結ぶL特急踊り子は、今でも多くのお客様が利用するドル箱と言っていい特急列車で、常に十両から十五両編成で三十分に一本は走っている。

使用車両は正面中央に、四角のヘッドマークを表示させている國鉄185系。

運転台は左右に長方形の窓が並ぶタイプで、正面に貫通扉はない。

ほとんどの車両は二列×二列の四人シートが並ぶ指定席と自由席だが、中間くらいにあるグリーン車の二両だけは、二階建てのダブルデッカー車となっていた。

二階には余裕の一列×二列の幅の大きなリクライニングシートが並び、一階には子供の遊び場になるキッズルームや、団体で貸し切れるパーティールームがあるのだ。

やがて、最後尾車両がやってきて、少し暖かい風を引きながら走り去っていく。

相変わらずヘッドマークには、赤い丸の上に白字で「踊り子」と書かれた列車名と、おかっぱ頭で着物姿の肌の白い女性の横姿が描かれていた。

この愛称は一般公募によってつけられた名前で、スペースシャトル・コロンビア号が初めて打ち上がった年に、川端康成の「伊豆の踊子」をイメージしてつけられたとのことだ。

俺と小海さんの間に体を割りこむように岩泉がググッと入ってきて、二人の肩に重い腕をバンとのせてくる。

「そんな腹の足しにもならねぇ鉄道ウンチクなんて、どうでもいいからよぉ。早く晩飯にしようぜぇ。今日は働き過ぎて倒れそうだぜ、俺はよ」

そのまま倒れるように、俺達にググッとのしかかってきた。

もちろん、長身で筋肉鎧の岩泉は、とてつもなく重くて俺達には支えられない。

「わっ、分かったよ、岩泉。今日の夕食買い出し当番は、女子チームだっけ？」

「だなっ、昨日俺達はピザを買ってきたからよ」

タッタッと歩いてきた桜井は、岩泉の腕の下から小海さんを救い出して手を引く。

「じゃあ、先に着替えるわね」

「そっ、そうね」

小海さんが桜井を追いかけるように、奥へ続く通路へ入っていく。

ロッカー室は狭い上に一つしかないので、女子と男子が交互に使うしかないのだ。

俺は消えていく桜井の背中に向かって声をかける。

「桜井、銃はガンロッカーにしまえよ」

「分かっているわよっ、毎日、毎日言われなくても〜」

桜井は振り返ることもなく、右手を上げて左右に振って応えた。

バタンとロッカー室のドアの閉まる音がして、二人は中で着替えを始める。

すぐにキャッキャッと盛り上がる二人の声が聞こえてきた。

「はるか、また大きくなってない？　何食べたらそうなるの？」

「牛乳と〜鶏の胸肉かな〜？」

「それよくネットでも見るけど、本当なの〜？」

なんの話をしているんだ？

中の声は小さくてよく聞こえなかったが、そのうち桜井の大きな声が突然響く。

「そうしようよ、はるか！」

なっ、なんだ？

少し気になった俺は、ロッカー室のドアに耳を向けて意識を集中させた。

「えぇ～きっとあおいは似合うと思うけど～。私のほうはどうかな～？」

「絶対に似合うって！　はるかはプロポーション抜群なんだから」

「でっ……でも……」

「きっと…………も喜ぶよ～」

「ほっ、本当に⁉」

全て聞こえてくるわけじゃないから、詳しい内容はよく分からなかった。

だけど、桜井はやる気満々で、小海さんは少し嫌がっているような雰囲気だった。

岩泉はテーブルを挟んで、向かいのパイプ椅子にドカッと座る。

「熱海名物って言ったらなんだ？」

「えっ？　熱海名物？」

少しだけ考えた俺は、スマホを開いて検索して出てきた情報を読む。

「魚の干物、お刺身、魚の煮つけ、アジフライ、イカメンチ、揚げかまぼこ……」

「やっぱ魚料理がメインか」

「まぁな、これだけ海に近いわけだからな。あぁ～『まご茶漬け』っていうのもあるぞ」

初めて聞く料理に、岩泉はガタッと前のめりになる。

「それはどんな食いもんだ⁉」

「まご茶漬けっていうのは……獲れた魚の切り身をご飯にのせて、そこにお茶をかけて食べるものらしくて、ここら辺の郷土料理で漁師飯らしいぞ」

「へぇ～。しかしよぉ、どうして『まご』なんだ？」

俺はスルスルと画面をスクロールさせた。

「そこは諸説あるらしいけどさ……『まぐろ茶漬けがなまった』とか『まごまごしながら食べていたらマズくなる』ってあたりが由来らしい」

それを聞いた岩泉は、パッと目を輝かせる。

「おぉ～それテイクアウト出来ねぇか⁉」

俺はスクロールさせながら、お店の情報をチェックする。

「なくもないみたいだぞ」

「じゃあ今日の晩飯は、そのまご茶漬けにしようぜ！」

あまりにも岩泉が楽しそうな顔をしているので、俺はフッと笑った。

「俺は別にいいよ、まご茶漬けで。じゃあ、テイクアウト出来るお店のリストを、桜井のスマホに送っておくよ」

「サンキュー。班長代理」

岩泉はおもちゃを買ってもらった子供のような顔で、右手をサムズアップした。

その時、ロッカー室のドアがバタンと開いて、桜井と小海さんが歩いてくる。

「あのさぁ～岩泉が今日の夕食は、熱海名物の新鮮な魚の切り身にお茶をかけて食べる、まご茶漬けって奴にしようってさ——」

そこで桜井の姿を見上げた俺は、思わず言葉を失ってしまった。

「どっ、どうしたんだよ⁉」

桜井は「ジャーン」と言いながらクルリと一回転して服を見せる。

柔らかそうな生地のワンピースの長い裾がフワッと舞って、足首がキュッと細く締まった筋肉質の白い足がチラリと見えた。

桜井はスカイブルー系の爽やかワンピースを着ていた。

首元には白いカラーの襟があって、胸元とスカートの裾には白いレースが、かわいい感じにあしらわれていて、足には白いベルトのついた黒いサンダルを履いている。

いつもは身につけるタイプのバッグが多い桜井が、肩から茶革のショルダーバッグをかけているのも珍しかった。

スカートが長めのミモレ丈なので、少し大人っぽく……いや上品に見えた。

そんな女子力高めのファッションの桜井を、俺は一度も見たことがなかった。

だから、心から驚いて黙ってしまったのだ。

黙っている俺に向かって上半身をパッと倒した桜井は、顔を間近に寄せて聞く。


「どう？　これなら私からも気品が漂っているでしょ？」


ハッとして息が詰まっていた俺には「うん」と頷くことしか出来なかった。

それは、本当に桜井の言った通りだと……俺も思ったからだ。

上半身を起こして胸を張った桜井は、顔を少し上へ向けてわざとらしく鼻を高くする。

「気分転換に、はるかと私服を交換してみたの～」

桜井はイタズラが成功したみたいに、とても嬉しそうにニコニコ笑っている。

「私服の交換？　そういうことか……」

驚いている俺に向かって桜井はコクリと頷き、またクルクルと回って見せた。

これは小海さんが持ってきたワンピースだから、桜井が着ても「お嬢様感が漂っていた」

ということらしい。

俺は気圧されて後ろへ倒れていた姿勢を立て直す。

「確かに……それならお嬢様って見られるかもな」

「でしょう～？　要するにファッション次第ってことよ」

少しショックから立ち直ってきた俺は、顔の前に右手を立てて左右に振る。

「いやいやいや～。それは桜井が一言もしゃべらなきゃ～だ」

「どういうことよ？　高山」

胸の下で腕を組んだ桜井は、少し開いた右足を上下させてパンパンと音を鳴らしだす。

俺は右の人差し指で桜井の胸元をビシッと指差す。

「そういう態度だよ。何かしゃべったり、アクションをとった瞬間に『こいつはお嬢様じゃないな』ってすぐにバレるぞ、桜井」

「そんなことないわよ。私だって気をつければ、すぐに出来ますわよ～オ～ッホホホホ」

頬の横に右手の甲をあてた桜井は、勘違いした金持ちマダム風に笑った。

そういうことじゃねぇだろ。

「あっ、あおいはいいけど～。私はちょっと……」

恥ずかしそうに言う小海さんに、俺は振り返りながら微笑む。

「何も心配することはないよ。スタイル抜群の小海さんなら――」

そこまで言った俺は、目に飛び込んできた小海さんの姿に、思わず色々なものを噴き出しそうになった。

なっ、なんというエロい格好をしているんですか⁉　小海さん。

小海さんが着ていたのは、肩紐のついたワインレッドのフロントレースアップビスチェで、下は黒いローウエストデニムのホットパンツだった。

そして、足にはレース素材がサイドに入った、黒いミニサマーブーツを履いている。

これを桜井が着ていた時には「いつもの感じか」とあまり気にならなかったが、小海さんが着ることによって、破壊力が数百倍に跳ね上がっていた。

本当に同じ服なのか⁉

俺がそう思ったのは、元々桜井が着ていた時はキッチリと閉じられていたはずのフロントレースアップも、小海さんではアパレルメーカーの想定外の爆乳のために閉じられず、胸元から腰へ向かって細いV字型を形成していたからだ。

レースアップの隙間からは窮屈に閉じ込められている深い胸の谷間が、見えそうで見えないような、見る者をヤキモキさせる絶妙な空間が形成されていた。

タタッと走り寄った桜井は、真っ赤な顔をしている小海さんと肩を組む。

「そんなことないわよっ。はるかも格好いいでしょ？」

「どう……かな？　高山君」

心配そうな顔で小海さんは俺を覗き込んだが、そんな心配は無用だ。

無論、最高です。

「全然似合っているよ、小海さん」

「本当に⁉」

小海さんの顔がパッと明るくなる。

「そういうファッションも似合うよね！」

「あっ、ありがとう！　高山君」

それで小海さんは、すっかり機嫌が直ってニコリと微笑んだ。

「じゃあ、買い出しに行って来るわねっ」

ワンピースの裾を引きながら、桜井が小海さんと一緒に出入口へ向かって歩いていく。

そこで、岩泉はニカッと笑う。

「桜井、今日の晩飯は『まご茶漬け』を頼むぞ！」

二人のファッションについてはまったく喰いつかなかった岩泉だが、食いもんのことを忘れることはない。

「まご茶漬け？」

話を聞いていなかった桜井は首を傾げる。

「さっき、テイクアウト出来るお店を数軒、桜井のスマホにメッセージしておいたから」

桜井はショルダーバッグからスマホを取り出してチェックする。

「この店で買えるのね」

「少し駅から距離があるところばかりなんだけどさ」

「まぁ、いいわ。私もその『まご茶漬け』って食べてみたいから」

その横で小海さんは自分のスマホが、体にピッチリとフィットしているホットパンツのお尻のポケットに、ちゃんと入らなくてワタワタしていた。

小海さんのワガママボディで桜井の服がパツンパツンになっているんだから、もう厚紙一枚差し込めるような余裕さえなくなっているに違いない。

「はるか〜夕飯買いに行くだけなんだから、スマホは置いていけば〜?」

桜井は自分のスマホをショルダーバッグにしまいながら微笑む。

「そっ、そうね。あおいが持っていればいいよね」

「じゃあ、行きましょう」

「うっ、うん」

俺達に向かって微笑んだ二人は、出入口の引き戸をカラカラと開いてから外に出て、商店街アーケードのある右の方へ消えて行った。

　桜井と小海さんが出ていって、しばらく時間が経った時だった。

　岩泉はグゥゥゥと腹を豪快に鳴らした。

「おっせぇ～なぁ、晩飯～～～」

　時計を見たら桜井達が事務所を出てから三十分程度だったが、既に空腹の限界に達していた岩泉は、我慢することなく子供のようにぼやいた。

「テイクアウトだから、作ってもらうのに時間がかかっているんじゃないのか？」

「反対にサッサと買えるもんだろ、普通。テイクアウトなんだからよっ」

「じゃあ、大人気な店なんじゃないか？」

　それほど焦っていない俺は、スマホを見ながら適当に答えた。

「別にそんな人気店のもんじゃなくてもいいのによぉ～～～」

　岩泉は二人の出ていった引き戸をチラチラと見直した。

　スマホで桜井と小海さんのニュース記事を改めて読むと、事件があってからすぐにアップしたらしく、14時頃にはネットに出ていたようだった。

「明日、修正するように、ちゃんと連絡しておかないとなぁ～」

俺はロッカーに置いてあったケースを取り出して、そこから熱海ネットニュースの記者さんからもらった名刺を探し始める。

「熱海……熱海……熱海ネットニュース……っと」

その時、完全にエネルギーが切れてデスクに突っ伏していた岩泉が、ガッと上半身を起こしてアーケード方向に顔をむけて耳をピクリと動かす。

まるで御主人様が帰ってきたのを察する室内犬のよう。

「おっ、戻ってきたな‼」

あまりの必死さに、俺は少し呆れた。

「そんなに腹が減っているのかよ？　岩泉」

岩泉は間髪入れずに「おう！」と元気よく頷く。

「あんなに働きゃ～そりゃ腹も減るだろうよ」

笑顔で立ち上がった岩泉が、二人を迎えるようにスライドドアをガラガラと横に開く。

外の温かい空気が入ってきて、せっかく涼しくなった室内の温度が元にアッサリ戻る。

すぐに歩道のタイルを走ってくる、タッタッという靴の音が聞こえてきた。

「おっ？　一人だけか。足音は小海のものだな」

　まさに犬のような聴覚に感心する。

「すげぇな、岩泉。そんなことまで分かるなんて」

　岩泉は両耳の後ろに、両手を立てながらフンッと自慢気に笑う。

「耳を澄ませば分かるだろ。腹が減っている時は、特に神経が研ぎ澄まされるしなっ」

　そんなもん腹が減っていても分かるかっ！

　もうほとんど野生動物の領域に入ってきやがった。

「きっと、ジャングルみたいなところで遭難しても、岩泉なら生還出来るだろうな」

「おうっ、それには自信があるぜ」

　岩泉はニヒッと笑った。

　俺もパイプ椅子から立ち上がり、出入口まで歩いて出迎えにいく。

　小海さんらしい足音が聞こえてきたが、なんだか全速力で戻ってきているみたいだった。

　晩飯くらいで、そんなに急がなくてもいいのに～。

　俺と岩泉が昨日ピザを買いに行った時だって、帰りはゆっくり歩いて戻ったんだから。

　俺が出入口に着いた瞬間、アーケードからの数百メートルを全力で走ってきたらしい小海さんが、目の前で急に足を止めてザザッとスライドしながら現れた。

どうもかなりの距離を一生懸命に走ってきたらしく、小海さんは両膝に両手をついたまま体全体でハァハァと必死に呼吸していた。

「そんなに焦って戻ってこなくても――」

俺が微笑みながら言った言葉を、小海さんは途中で遮る。

「あおいがっ！」

ノドがカラカラらしく、小海さんの声は擦れていた。

「まぁまぁ、とりあえず落ち着きなよ」

俺は入口近くに置いてあった冷蔵庫から、冷やしておいたリニアウォーターを一本取り出して、スクリューキャップを開けて小海さんに差し出す。

小海さんの顔は汗の粒でいっぱいだった。

「あおいがっ……あっ、あおいがっ……」

「まぁ、それを飲んでからにしたら？」

しっかり頷いた小海さんは、よほど焦っていたのか、喉が渇いていたのか、飲み口をピンクの薄い唇につけてゴクゴクと一気に飲みだす。

出入口から首を外へ出した俺は、前の歩道を見回す。

「あれ？　桜井は一緒じゃないのか？」

桜井は同期女子の中で一番運動神経がよく、小海さんは下から数えた方が早いくらいだ。

同じようにスタートすれば、桜井がぶっちぎりでゴールするはずだった。

だけど、小海さんの周囲にも、左の駅前にも、右のアーケードにも桜井の姿はなかった。

うん？　どういうことだ？

その瞬間、水を飲み終えた小海さんが、胸の前に拳にした両手を並べて叫ぶ。


「あおいが拉致されたの――――――!!」


そんなことを鉄道公安隊の事務所前で叫んだから、周囲の人が一斉にこっちを向く。

意味が分からなかった俺は、岩泉と「どういうことだ？」と顔を合わせた。

頭の後ろに右手をおいた俺はアハハハと思いきり笑った。

「そんなドッキリには引っかからないよ～」

「違うのっ！　違うんだって！　ドッキリとかイタズラじゃないのよっ、高山君！」

小海さんは目を真っ赤にしながら迫力満点に言い放った。

どっ、どういうリアクションすればいいんだ？

俺には小海さんが、いったい何がしたいのかが、今一つ分からなかった。

岩泉も同じような雰囲気で、両手を左右に広げて「お手上げだな」って顔をしていた。

周囲の視線もあるので、俺は小海さんの肩を押してとりあえず事務所へ押し入れる。

「とっ、とりあえず中へ入ろうか、小海さん」

「こっ、こんなことをしている間に、あおいがっ！ あおいがっ！」

完全にパニくっている小海さんの肩に岩泉も手をおく。

「小海……まぁ落ち着けよ」

「そうだよ、小海さん。俺達は鉄道公安隊員なんだからさ。パニくってないで状況の詳細をまず報告しないと」

少し涙目になりかけていた小海さんが、顔を見上げてコクリと頷く。

「そっ、そうね……ゴメンなさい」

小海さんを事務所に入れたら岩泉が引き戸を閉め、俺はまだ肩で息をしている小海さんをパイプ椅子に座らせる。

「どういうこと？ 桜井が拉致された……なんて……アハハ」

言っているうちにおかしくなってきて、最後の方には吹きだしてしまった。

「逆じゃねぇのか？」

壁に背をつけて話す岩泉も、思わず顔が緩んでしまっている。

これまでのことを考えれば……桜井が犯罪者を拉致することはあっても、自分が拉致されるなんてことは考えられなかったからだ。

いくら銃は置いていったとしても、普通の男の一人や二人なら素手で倒せるはずだ。

俺と岩泉がフフッと笑っていたら、小海さんが真剣な顔で怒った。

「二人とも真面目に聞いて！」

えっ⁉ もしかして？ これはマジな事態なのか⁉

そこで真面目な顔になった俺と岩泉は頷き合って、小海さんの顔を見つめ直す。

「ゴメン、じゃあ状況を聞かせて」

小海さんはもう一口水をゴクリと飲んでから、ゆっくりと状況を話し出す。

「私たちがアーケードを抜けて、まご茶漬けをテイクアウトしてくれる日本料理屋さんのある道まで歩いて行ったの。そうしたら……」

小海さんが息をのむ。

「そうしたら？」

「突然、二人組の男がやってきて、私達を後ろから殴りつけたの！」

「**二人組の男に『襲われた』ってこと⁉**」

まったく予想外の出来事に俺は驚いた。

岩泉はウムと唸る。

「後ろからの不意打ちか……」

「熱海で……しかも私服だったからな。桜井も気が抜けていたんだろうな」

俺は唇を噛んだ。

「後ろからだったからハッキリ分からなかったんだけど……。たぶん、あおいは私を庇おうとして動いたことで、攻撃を思いきり受けちゃった……みたい」

「いきなり二人に襲いかかってきた……ってことか」

そんなことが晩飯を買い出しに行った熱海の町中で起こるなんて、思ってもみなかった。

小海さんは自分の後頭部を見せる。

「殴られたショックで……私はその場に倒れちゃって……。二人の男は横に停めてあった白いバンに、ぐったりしてしまったあおいを連れ込んで逃げ去ったの」

「車で桜井を拉致したのか。じゃあ、ナンバーは？」

岩泉が聞くと、小海さんは首を左右に振る。

「後ろのナンバーは、最初から外していたみたい」

「ってこたぁ。最初から『拉致する気』満々だったってことだな」

壁に背をつけたまま岩泉は腕を組んだ。

焦った顔で小海さんが俺の腕をパシッと掴む。

「早く！　高山君。あおいを助けないとっ！」

「助けないと……って言われてもなぁ～」

俺が困っていたら、小海さんは目を見開いて必死な顔をする。

「あおいを見捨てる気⁉」

「いや、そうじゃないけどさ～」

「だったら！　早く警察に連絡しないとっ！」

両手で俺の両肩を掴んだ小海さんは、すがるように前後に揺すった。

俺は自分の顔を右の人差し指で指す。

「いや～俺達は鉄道公安隊員だよ」

そこで、小海さんは我に返る。

「あっ、そっか」

優しく笑いかけた俺は、肩から小海さんの手をゆっくりと離す。

「警察に連絡して『うちの鉄道公安隊員が拉致されました。すみませんが助けてください』とは言えないんじゃないかな～？」

岩泉は焦ることなく冷静に呟く。

「まぁ、襲ってきた時に殺害はせず、車で『拉致した』ってことは、きっと奴らになんらかの目的があんだろ」

その瞬間、小海さんの顔から血の気が引いていく。

「もっ、もしかして⁉　あおいの体が目当てで⁉」

「それはねぇ」

岩泉は間髪入れずに言い返すと、小海さんは少し怒ったような顔をする。

「そっ、そんなの……分からないんじゃない？」

それについては俺も同意見だった。

「たぶん、それはないよ。日も落ち切らない夕食時で熱海の通りは人が多かったでしょ。性犯罪者は目撃者が多い場所で拉致するなんてことは少ないって、成田教官からも聞いたことがあるよ」

それは安中榛名にある榛名研修所で受けた高度教育研修で、成田教官から教えてもらったことの一つだった。

「まぁ、そういうことをやる連中は、人通りの少ない夜道でやるよなっ」

「そういうことだ」

「じゃあ、彼らの目的はいったい？」

スッとあごに右手をあてて考え出した小海さんが、すぐにパチンと胸の前で手を合わせる。

「もしかして、ＲＪがあおいを⁉」

「ＲＪが桜井を誘拐して、なんのメリットがあるの？」

俺は少し呆れながら聞き返した。

「う〜ん……あおいを人質にして『國鉄を分割民営化しろ！』って要求してくるとか」

残念ながら……それに対する國鉄の反応は一つしかない。

「そんな要求をしても、國鉄なら問答無用でキッパリ断るよ」

岩泉は「だな」っと微笑む。

「鉄道公安隊員一人のために、國鉄はそんな要求は飲むわけがねぇ」

そういう事件が今まで起きたことはなかったが、きっと、実際に発生したとしても、國鉄は一人や二人の國鉄職員の命くらいでは、分割民営化なんて条件は飲まないだろう。

俺が万が一にもＲＪの手に落ちたとしても……、

「家族への補償は十分にする。國鉄職員としての職務を全うしてもらいたい」

とか、平然とした顔つきで大湊室長なら言いそうだ。

だからこそＲＪも、そんなムダなテロはやったことがないのだろう。

「じゃあ、いったい誰が……あおいを？」

俺は顔をあげて少し考えるが、いくつもの顔が浮かんでくる。

「桜井を恨んでいる奴は多いからなぁ〜」

「そっ、そんなことない……んじゃない」

しっかり否定しきれなかった小海さんは、アハアハと愛想笑いした。

三人とも『う〜〜ん』と唸って、桜井に恨みを持っていそうな奴を思い浮かべる。

「そういや〜桜井の奴。先月、有楽町駅で靴にスマホを入れて、エスカレーターで盗撮していた男を思いきり投げ飛ばしていたよな?」

岩泉が思い出すように呟く。

「あっ、あの人は反省して改心したと思うわよ。だって、最後には『もっ、もう絶対にしません……』って必死に土下座して言ってたし……」

「反省していたというか……恐怖に震えていたんだろ」

「それは〜そうかもしれないけど〜」

俺も桜井が関わった事件を一つ思い出す。

「あぁ〜そういえば二週間前くらいに國鉄中央線車内において痴漢した男を、確保する時に力を入れ過ぎて手首を捻挫させていなかったか?」

天井を見上げた小海さんは「あぁ〜あれね」と思い出す。

「あの犯人は現場から逃走して線路に降りようとしたからよ。だから、あおいが全速力で追いかけていって、ホームから出る前に手首を掴んで捻り上げたのよ」

「そんなことされりゃ〜。本人のせいで痴漢の犯人で逮捕されたとしても、逆恨みしていても不思議じゃ〜ねぇだろ」

岩泉は「当然だろう」といった顔だったが、小海さんは口を尖らせる。

「だって、あの犯人は毎日同じ女の子を探して痴漢していた酷い男だったのよ」

簡単には誘拐犯の容疑者の絞り込みが出来なかった俺は、首の後ろに両手を組んで天井を見上げる。

「まぁ、桜井の周りには、そういう話はいくらでもあるからなぁ〜」

桜井は何度もＲＪのテロを阻止しているが、それ以上に東京駅周辺で発生する痴漢、盗撮、暴行事件などの犯人を日常的に逮捕している。

その苛烈な検挙に東京駅周辺では「このところ、この種の犯罪率が低下している」と東京中央公安室・第一捜査班の小浜班長が言っていたくらいだ。

そういった人達が仕返しに来たと考えたら、容疑者はいくらでも考えられた。

岩泉が倒れた時に汚れた小海さんの腕を見つめる。

桜井の服は肌の露出が多いから、小海さんが男らに殴られて倒された時、腕や足を地面にぶつけてしまったようだった。

「小海、とりあえず手を洗ってきたらどうだ？ それに血も出ているぞ」

そこで、やっと小海さんは自分の手足が汚れていて、少し擦りむいた部分もあることに気がついたようだった。

「そっ、そうね……。私、ちょっと洗って消毒してくる……」

すっかり気落ちしてしまっていた小海さんは、幽霊のようにボンヤリ立ち上がってフラフラっと奥の給湯室へ向かって歩いていった。

パタンとドアが閉まったところで、俺はフゥと小さなため息をつく。

とりあえず、飯田班長に連絡して判断を仰ぐか……。

俺がそんなことを考えた時だった。

ブォォォォォ!!

突然、熱海駅のロータリーの方からもの凄い大きなエンジン音が聞こえ、その音が近づいてきたと思ったら俺達の事務所前でキィィと大きなブレーキ音を鳴らして急停車した。

岩泉と顔を見合わせた俺は、音のした引き戸の方に視線を動かす。

「なんだ？」

座っていた俺の位置からは、窓を通して車体全体が見えなかったが、停車した車は黒塗りの高級車のように見えた。

いい車に乗っているのに、あんな乱暴な運転をするのも珍しいな。

ボンヤリ見つめていたら高級車の後部ドアが吹き飛ぶような勢いでバカッと開き、中に乗っていた人が勢いよく事務所へ走りこんでくる。

そして、岩泉と見つめていた事務所の引き戸がバンと勢いよく開いた。

「貴様らは、いったい何をやっていたのかっ‼」

どこまでも届くような通りのいい声で、一瞬で空気がピンと張り詰めた。

そこに現れたのは、デニムに白いポロシャツを着て、グレーの髪をオールバックにセットし、顔にはティアドロップタイプの真っ黒なサングラスをかけたおじいさんだった。

なんだ……この人？

一目では何者かサッパリ分からないが、単なるサラリーマンとは思えず、どちらかと言えばイタリアの反社会的勢力のボスといった雰囲気。

体全体から独特のオーラが放たれていて、サングラス越しにも関わらず目からは気圧されるようなプレッシャーを感じた。

そんなことを感じる神経を持ち合わせていない岩泉は、臆することなく聞く。

「なんだ？ このじいさん」

岩泉は右手の親指を出してクイクイと指しながら首を傾けた。

「だぁまらっしゃいっ‼」

そんな一言で岩泉を一撃で黙らせたおじいさんは、ここが鉄道公安隊の分室なんてことを気にすることもなくグイグイと中へ入ってくる。

こういうお客様は東京駅にも、ちょいちょい現れる。

税金で運営している國鉄に「行政への不満」「総理大臣への文句」「近所トラブルの訴え」など、市役所に持ち込むような事を言ってくる人がいるのだ。

国民には全て同じように見えるのかもしれないが、行政機関同士の縄張り争いは激しく、他の部門の案件は何があろうとも「管轄外なんで……」と一切取り扱わない。

少しでも手を出せば「な～に人のことに首突っ込んでんだぁ」と担当部門の偉い人が、こちらへ殴りこんでくるからだ。

まったく……この忙しい時に～。

小さなため息をついてから、俺はサッと立ち上がって両手のひらを見せながら微笑む。

「あぁ～何か行政に対する御苦情ですか～？ すみません、こちらは苦情窓口ではなく鉄道公安隊の事務所ですので～國鉄が関係のない件については……」

「そんなことは分かっておる」

おじいさんは動ずることなく言い切った。

「それではいったいなんのご用でしょうか～？　ゆっくりと内容をお聞きしたいところなのですが～。只今、少々立て込んでおりまして――」

俺の言葉を躊躇することなくピシャリと遮る。

「貴様は何を言っておる。わしの要件は最緊急事項なのだぞ」

「最緊急事項？」

おじいさんは戸惑う俺の鼻先に向かって、右の人差し指を真っ直ぐに伸ばす。

「そうだ。鉄道公安隊の全業務を停止し、すぐさまわしの件に全力を投入せぇ！」

俺は「はぁ？」と言うしかなかった。

そんな俺の反応に、おじいさんは「ええぃ」と舌打ちする。

「お前のような小僧では話にならん。とりあえず、南武を呼びなさい」

この人は何を言っているんだ？

俺は「もしかしたら？」と戸惑いながら聞き返す。

「あの～南武って……首都圏公安隊の南武本部長のことですか？」

「それ以外に誰がおる。早く呼び出しなさい」

俺は右手でクイクイと地面を指さす。

「ここへって、熱海にですか？　南武本部長を？」

俺は頭にいくつもの「？」を浮かべながら首を傾げた。

「当たり前だろう。ここに捜査本部を立ち上げるのだから、南武は捜査本部長として最前線での指揮をとらねばなるまい」

なんだろう……元鉄道公安隊とか、國鉄本社に勤めていた人なのだろうか。

単なる一般人ではなく、國鉄内部の事……いや、鉄道公安隊について詳しいようだった。

そこで、俺はおじいさんの顔をよく見直した。

「あれ？　もしかして……」

その時もサングラスをしていたのでハッキリ顔が見えなかったし、昼間とはファッションが違っていたのですぐに気がつかなかったが、このおじいさんは昼間に小海さんと会っていたロマンスグレーの髪の渋いおじいさんのようだった。

それで鉄道公安隊のことについて詳しかったのか。

きっと、昼間に話をした時に、小海さんから色々と話を聞いたのに違いない。

俺は確かめてみることにする。

「もしかしたら……小海さんのお知り合いの方ですか？」

おじいさんはグッと胸を張る。

「いかにも……わしは小海だ」

うん？ なんだか話が微妙にズレたよな？

きっと、少し耳が遠いのか……すでにボケ始めているんだな。

すっと息を吸った俺は、口をおじいさんの耳元に近づけて少し大きな声で言ってあげる。

「いえいえ、そういうことではなくですねぇ～。國鉄に学生鉄道ＯＪＴで来ている『小海はるか』さんと、昼間に海の家で会われていましたよね～？」

その瞬間、顔を真っ赤にしたおじいさんは、

「カ―――ッ!!」

と、俺の顔を睨みつけながら思いきり叫んだ！

不意打ちを受けた俺は大きな声に気圧され、後ろへ二、三歩下がった。

「うっ、うわぁぁぁぁ～」

「年寄り扱いせんようにっ、小僧」

手こずっていた俺を見ていた岩泉が、呆れた顔で側へ歩いてくる。

「それで？ じいさんの用はなんだ？」

俺の顔と岩泉の顔を交互に見たおじいさんは静かに呟く。

「……わしの孫娘が誘拐された」

それにはさすがに二人で声を揃えて驚いてしまう。

『えっ――――!?』

桜井が拉致されたが、他に誘拐事件が発生していたのだ！

「ゆっ、誘拐……ですか」

動揺しながら俺は聞き返したが、岩泉はニヤニヤ笑っている。

「孫娘が彼氏の家へでも行っただけじゃないんすか？　それプチ家出っすよ」

スマホをポケットから取り出したおじいさんは、真剣な顔で画面を見せる。

「既に『脅迫電話』も入っている。これは完全な誘拐事件だ」

「脅迫電話だと!?」

今まで本気にしていなかった岩泉だが、これで信じることにしたようで顔が真面目になる。

桜井のことも心配だが、こちらの事件も取り組まなくてはいけなくなった。

俺はテーブルの向こう側のパイプ椅子を示す。

「お座りください。お話を詳しく聞かせていただけますか？」

おじいさんは「うむ」と頷き、岩泉が整えたパイプ椅子に堂々と座った。

俺は鉄道公安隊手帳を開いて、右手にペンを持って身構える。

「それでは最初に誘拐された孫娘さんのお名前を、聞かせて頂けますか？」

静かに頷いたおじいさんは、俺の顔を見ながらボソリと言った。


「誘拐されたのは……小海はるかだ」


その瞬間、ペンを持っていた俺の手がピタリと止まり、岩泉は外れそうになるくらい「あぁ～」と下顎を落とす。

俺達は『**はぁ～～～!?**』と思いきり声をあげた。

「どうした？　お前たちの大事な仲間であろう」

おじいさんは相変わらず真剣な顔で見つめていたが、俺達にはもうこの話を真剣に取り合う気にはなれない。

なぜなら、小海さんは給湯室にいるのだから……。

やはり、このおじいさんはもうろくしてボケているのだろうか？

「あの～すみません。変なことを言って鉄道公安隊の仕事を邪魔するのは止めてもらってよろしいでしょうか？」

「なんだと？」

おじいさんの顔は一気に不満気になり、ピクリとサングラスが上下に動く。

「あのなぁ～じいさん。そういう根も葉もないことで邪魔してっと、公務執行妨害とか、威力業務妨害とかで捕まえるぜ」

岩泉もすっかり元通りになって笑っていた。

うなだれたおじいさんはガツンとテーブルを両手で持つ。

ロマンスグレーの髪の後頭部を見つめていると、下からブツブツと声が聞こえてくる。

「あのですね。小海はるかさんなら誘拐されていませんよ」

「……お前らに、なぜそんなことが言える？」

地獄の底から響くようなドスの効いた声だった。

「それはですね……」

次の瞬間、おじいさんの怒号が事務所内に思いきり響き渡った。

「**カ――――――――――――――――――――ッ!!**」

驚いた俺と岩泉は、おじいさんから遠のくように後ろへ飛ぶ。

『おっ、おうっ！』

その時、バタンと奥のドアが開いて、小海さんが出てきた。

「どうしたの？　さっきから騒がしいけど～」

その瞬間、小海さんとおじいさんの目がピタリと合った。

「はっ、はるか⁉」

死ぬほど驚いたおじいさんは、口をパクパクさせていた。

「なっ⁉　これは一体どういうことだ⁉」

サングラスを投げ捨てるようにとったおじいさんは、まるで幽霊にでも出会ったかのように、小海さんを震える右の人差し指で差していた。

俺は右手で後頭部を触りながら微笑む。

「どういうことだ、と言われましてもねぇ～」

やっと、おじいさんにも状況が分かったようだった。

そこで俺は「ふぅ」と大きなため息をついて、体勢を立て直して椅子に座り直す。

「ねっ、だから言ったでしょ？　小海はるかさんは誘拐されてないって……」

それで向き直った俺は、小海さんに顔を向けて続ける。

「このおじいさんが『小海さんが誘拐された～』って飛び込んできてさぁ～」

次に小海さんが言ったセリフは驚くべきものだった。

「あら、おじい様。どうかされたのですか？」

すぐに小海さんのセリフの意味が理解出来なかった俺は、キョトンとなって聞き返す。

「おじい様って～この人、小海さんの…………」

俺はそこでゴクリと生唾を飲み込んだ。

自分が恐ろしいことをしていた事実に今更ながら気がつき、背筋から全身に向かって広がっていく、凍るように冷たい血で自然にカタカタと震え出す。

小海さんのおじいさんってことは……あの伝説の⁉

確かにサングラスを外したその顔は、取り寄せた國鉄の就活生用パンフレットのどこかに載っていたような気がする。

俺は知らないうちに、とんでもないことをしてしまっていたのだ！

喉が瞬時にカラカラに乾いてしまって満足に声が出てこず、思考もまったく回らない。

「あの……あの……あの……もしかして……もしかして……」

口元が震えすぎて、ちゃんとしゃべることが出来なくなっていた。

今度は俺が空気の足りなくなった金魚のように、口をパクパクさせることになる。

だが、岩泉はそのことに、まだ気がついていない。

「なんだ。このじいさん、小海のじいさんだったのか」

バカヤロ――――――――――――――――!!

心の中でそう叫んだ俺は、両足に全力で力を入れてパイプ椅子からジャンプするように飛んだ。返す刀で岩泉の後頭部をラグビーボールのようにガッチリ摑むと、そのまま床へトライを決めるようにガシンと打ちつける。

そんなことは普通の俺にはムリなところだが、焦ったことで瞬時に叩き出した火事場のバカ力で、不可能を可能にしていたのだ。

岩泉の頭を床に押しつけつつ、俺もその横にスライディング正座しながら、両手をキッチリ揃えて小海前総裁の足元にペタリと土下座した。

「すいませんでした――!!」

自分で言うのもなんだが、ここまで見事な土下座を決めたのは人生初だ。

昼間に海の家で小海さんと会い、こうしてやってきたおじいさんは、実は小海前総裁だった。

税金でやりたい放題やっていた國鉄は、十数年前に赤字が二十兆円を突破した。

このままでは「分割・民営化も止む無し」という声が国会でも出てきた時、國鉄は異様な組織の団結力を見せ、剛腕にして天才的な経営者「小海仁三郎」を総裁に選出した。

俺は就任時に小海前総裁が行った挨拶をネット動画で見たことがある。

《國鉄と言えども！　これからは民間企業と同じ意識を持たなくてはいけない。でなければいつの日か『分割民営化』されるだろう。諸君らの立っている場所は、常に板一枚の下が『海』だと思って職務に励んでもらいたい。我々は過去の國鉄が行ったことのない『異次元の改革』を断行するのだ》

そう熱く叫んでいたのを覚えている。

小海前総裁は就任するや否や、組織に対しては所かまわず大ナタを振るって大量リストラを敢行し、國鉄内に不動産屋のような部署を立ち上げて、首都圏にあった多くの國鉄所有の土地をバブル時代に高価で売却して、赤字を約三兆円にまで圧縮した伝説の人だ。

おかげで単年度黒字を出せる優良企業へと國鉄は変わっていった。

だが、そうした改革は多くの不平不満を生み出し、危機を脱出した瞬間に、再び団結した組織によって、小海前総裁は代表権のない名誉顧問として経営から追い出されたのだ。

そんな「國鉄の生ける伝説」と言っていい前総裁が目の前にいた。

そして、そんなレジェンドな人に対して、俺達は知らぬとはいえ数々の無礼を働いたのだ。

二人で前総裁の足元に土下座した瞬間、小海さんは驚いて口を丸くする。

「どっ、どうしたの⁉　高山君」

「高山〜？　この小僧がか？」

俺を見下ろした前総裁は、ギロリと睨みつける。

「そうよ、おじい様。私の所属している第四警戒班の班長代理で、たまにお話ししていた高山君よ」

「そうか……はるかの言っていた男は、こやつか」

「だから、おじい様。私の上官を土下座させないで頂けますか？」

「わしがやらせたんじゃない。こやつが勝手にしておるだけだ」

前総裁はクイクイと俺の頭を指差す。

「俺と岩泉は、とんでもない失礼な対応を、してしまったからであります！」

改めて岩泉の頭を押し付けると共に、俺は顔を床に擦り付けるようにした。

「そうなの？」

そう呟いた小海さんは、タタッと走って俺の横にしゃがんで肩に手をおく。

「高山君、大丈夫だから……とりあえず顔をあげて」

「ほっ、本当に？」

俺は小海さんと一緒に、前総裁をゆっくり見上げる。

「とっても優しい人だから、おじい様は」

それは孫娘に対してだけじゃないの～？

そう心の中で思いながら俺がゆっくりと立ち上がると、岩泉は「ったく」とワンアクションで跳び上がるように立った。

「いきなりなんだよ？ 班長代理」

俺は敬意をこめて、揃えた両手で指しながら少し頭を下げる。

「こちらにおわす方は、國鉄で最も偉い『総裁』だった、小海前総裁だ」

それを聞いても岩泉は、特に驚かなかった。

「へぇ～そうなのか。それで？ なんでそんな偉いじいさんが、こんなところへ、こんな時間に血相変えて飛び込んで来たんだ？」

「前総裁を『偉いじいさん』言うなっ！」

一応、硬い後頭部にパシンと右手で突っ込んでおく。

小海さんは小海前総裁に振り返る。

「確かにそうですね。どうかされたのですか？ おじい様。こんな時間に……熱海の分室まで来られるなんて……」

「いや、そのなぁ」

　さっきまでの勢いは完全に失っていて、とてもしゃべりにくそうにする。

　そこで、岩泉が呟く。

「なんかよぉ～。この偉いじいさんが――」

　光のような速さで、もう一発力強いビンタ突っ込みを後頭部に入れておく。

「だから『じいさん』はやめろっ！」

　言っているのは岩泉だが、俺の肝までスッと冷える。

「この偉い人がよ。いきなり突っ込んできて『わしの孫娘の小海はるかが誘拐された』って言ってきたんだよ」

　それを聞いた小海さんは、自分の顔を右の人差し指で差しながら目を大きく見開く。

「えっ――!? 私が誘拐された～～!?」

　さすがに「自分が誘拐された」と聞けば、誰だって驚くだろう。

「それについてはすまなかった。どうも、わしの勘違いだったようだ」

　苦笑いした前総裁は、すまなそうに小さく会釈する。

　フフッと笑った小海さんは、すっかり緊張が解けた前総裁に聞く。

「どうしてそんなことを思ったんですか？」

「脅迫電話があったからさ」

意味が分からなかった小海さんは首を傾げる。

「脅迫電話？ おじい様に？」

「最初は熱海の別荘の固定電話にあったんだ」

俺は前総裁を見る。

「犯人らはどうやって、小海前総裁の別荘の固定電話の番号を？」

「どうも犯人は國鉄本社に電話して、政治家の秘書と偽り『緊急の連絡がある』と言って聞きだしたようだ」

「まぁ、セキュリティ意識の低い國鉄本社なら、前総裁の別荘の固定電話くらいだったらアッサリ教えちまうだろうな〜」

岩泉が口角を上げながらぼやくと、前総裁はポケットからスマホを取り出す。

「固定電話にかけてきた犯人は、そこで『孫娘を誘拐した、携帯電話の番号を教えろ』と言ってきたので、こいつの電話番号を教えたわけだ。しばらくしてこっちへ電話してきた奴らは『返して欲しかったら身代金をよこせ』と言ってきたのだ」

「そりぁ〜ベタな『営利誘拐』ってこったな」

そこで前総裁は笑みを浮かべて、恥ずかしそうに後頭部を右手でさする。

「対策本部を立ち上げて、はるかの救出作戦を行わせるところだったが……。こりゃ〜何者かによるイタズラか、振り込め詐欺の類だったということだな」

「きっとそうね。だって、私はここにいるんだから〜」

顔を見合わせた二人は、フフッと笑い合った。

「しかし、間抜けな犯人だな。こうして確認すりゃ〜、いや、小海に電話一本でもかけりゃ〜『誘拐なんてされてねぇ』ってバレちまうのによ〜」

首の後ろに両手を組んだ岩泉は、口を大きく開いて呆れた。

「そうね。振り込め詐欺の手口が、だんだん『雑になってきている』ってことかしら？」

「まぁ、そうかもしれないけどね……」

俺がボンヤリと受け答えたのは、他の三人と同じように思えなかったからだ。

本当にそういうことなのか？

頭の中で何かがグルグルと回り出す。

岩泉の言う通り「孫娘を誘拐した」なんて、電話をして確認すればすぐにバレる嘘だ。

それに……色々なタイプの振り込め詐欺があるが「誘拐したから身代金を振り込め」なんていうパターンなんて聞いたことがない。

普通の人が「誘拐した」なんて脅されたら、すぐにでも警察に連絡するだろう。

振り込め詐欺はお金が欲しいのだから、警察にすぐ電話されるような内容にはしない。

反社会的勢力の女に手を出して慰謝料を請求されているとか、会社の仕事でミスって損失を出したから穴埋めしなくちゃいけないとか、痴漢に間違えられて連行されたんだけど慰謝料払えば示談になりそうだからとか、要するに公にはしたくないことで「振り込め」と言ってくるのが普通だ。

そんな「息子を誘拐したから金を振り込め」なんてストレートな脅しで、家族が警察にも連絡せずに素直に振り込んでくれるなら、きっと、そういうパターンばかりになるだろう。

そういうことを思った俺には、この話はなんだか引っ掛かったのだ。

「……何か変だな」

う～んと唸った俺は、白いパネルの並ぶ無機質な天井を見上げてそう呟いた。

なんだか事件は解決したような感じになり、分室内も気楽な雰囲気に包まれる。

すっかり気が抜けた前総裁は、改めて小海さんを見つめて少し目を細めた。

「はるか……普段はそういう服を着ておるのか？」

俺と岩泉は鉄道公安隊の制服だったが、小海さんは桜井と交換した私服のままだった。

小海さんの顔がパッと真っ赤に染まる。

「こっ、これは……その……」

桜井が拉致された事を前総裁に言うわけにもいかなかったので、小海さんは説明しづらそうに呟いた。

「はるか……着るものについていちいち言うのも無粋だが……その……あまりにも刺激的過ぎはせんか？　そのファッションは……」

「あの……これはあおいのもので……」

赤くした顔を下へ向けた小海さんから、目を反らした前総裁はコホンと咳払い。

「似合っておるとは思うが……その……あまり感心せんな」

「はい。すみません、おじい様」

小海さんは素直に前総裁に謝った。

「人間の価値は内面に秘めたる力によって決まるということは理解しておる。だが、ほとんどの者は、着ている物、持っている物で人を判断しがちだからな」

気まずそうな顔をした小海さんは、アハアハと力なく笑った。

そんな前総裁の言葉を聞いた瞬間、グルグルと同じところを回っていた俺の思考の中にスッと白い光が射し込んだ。

「……人は着ている物で判断しがち？」

俺はひとり言のように繰り返しただけだったが、前総裁は聞き返したように思ったらしい。

「そうだ、高山君。三泊百万円するリゾートトレインに乗るのであれば、それなりのファッションで行かなくては、車両デザイナーに対して失礼に当たるだろうし――」

そんなことを前総裁が呟き出したが、俺の耳にはまったく入ってこなかった。

今までボンヤリしていた頭の中が一気に整理されていく。

もし、桜井が拉致されたのではなく、誘拐されたのだとしたら……。

そう考えたら、ここまで起きた事件が一気に片付いていく！

ガッと顔をあげた俺は、大きな声をあげた。

「そういうことかっ！」

「どっ、どうしたの⁉　高山君」

驚いた小海さんが、俺に向かって振り向く。

「桜井は営利目的で誘拐されたんだっ！」

完全に推理が出来上がった俺はそう言い放ったが、小海さんも岩泉も前総裁もポカーンとしていた。

「どういうことだ？　桜井は確かに拉致されたけどよ。身代金を要求する連絡はねぇんだから、まだ営利誘拐されたと決まったわけじゃねぇだろ？」

　首を左右に振った俺はフッと笑う。

「いや、すでに犯人から連絡はきている」

　岩泉は考えるのが面倒くさくなって、小海さんに丸投げする。

「どういうことだ？　小海」

　口元にそっと軽く丸めた右手をあてながら、小海さんは考えながら呟く。

「もしかして……おじい様にあった電話が『そうだ』ってこと？　高山君」

「そういうこと」

　俺はしっかりと頷くと、岩泉は「はぁ？」と戸惑った。

　小海さんは前総裁に確認する。

「でも、犯人は『小海はるかを誘拐した』って言っていたんですよね？　おじい様」

「そうだ。そうハッキリ言っておった」

　小海さんをチラリと見てから、岩泉が俺を見直す。

「もし、営利目的なら、小海の方を誘拐すんだろ。桜井の家より小海の家の方がお金持ちなんだからよ」

「普通ならそうだろうな。いや、犯人達はある意味『小海さんを誘拐した』んだ」

三人の顔が更に困惑した顔になる。

「まだ顔がまったく見えない夜じゃないんだぜ？　班長代理。それに二人は双子みたいに顔が似ているわけでもないんだしよ。そんなの格好を見ればすぐに――」

そこでハッとした岩泉は、小海さんの格好を見てから続ける。

「もしかして⁉　二人が私服を交換していたからか⁉」

フッと微笑んだ俺は小さく頷く。

「それも一因かもしれないが……。犯人らは最初から小海さんには目もくれず、桜井の後ろから襲いかかっている」

そこで俺は自分のスマホを取り出してネットにアクセスして、あるホームページを開いた。

「たぶん、これで間違えたんだよ」

俺のスマホには、例の熱海ネットニュースの事件が表示されていた。

腰を折り曲げた小海さんは、画面を覗き込む。

「こんな記事で、どうして私と間違えて、あおいが？」

俺は二人の画像の下の文章をコツコツと右の人差し指で指す。

「二人の説明が逆になっていたから、犯人らは桜井のことを『小海さん』だと間違えて拉致した……いや営利誘拐したんだ」

一気に体を起こした小海さんは目を丸くする。

「えっ⁉　私の身代わりに、あおいが『誘拐された』ってこと⁉」

「たぶん、そういうことだと思うよ。そう考えたら……どうして桜井が拉致されたのと同じタイミングで、前総裁のところに間抜けな脅迫電話がかかってきたのか？　簡単に説明がつけられるじゃん」

小海さんはグッと唇を噛み「……確かに」と思い詰めたように呟く。

「でも……もし、その推理通りなら……」

そこで俺達は重大な事実に直面する。

ハッとして小海さんと顔を見合わせた俺は、一緒に前総裁のスマホに注目する。

「そこに犯人から『電話があった』って、言っていましたよね⁉」

前総裁はウムと頷く。

「そうだ。このスマホに電話をかけてきて、具体的な身代金の金額を言ってきよった」

自分のために桜井が誘拐されたことに責任を感じたのか、真剣な顔になった小海さんはグイッと前総裁に迫る。

「おじい様、犯人との会話は録音しておいた⁉」

あまりの迫力に前総裁が気圧されて少し後ろへ体を引く。

「あっ、あぁ～もちろん。誘拐犯の『重要な手がかりとなるだろう』と思ったからな。着信があってからすぐに録音ボタンを押した」

「貸してください！　暗証番号は⁉」

「國鉄の創立記念日だ」

前総裁からスマホを奪い取った小海さんは、液晶画面に「２４６１」と暗証番号を打ち込んで画面ロックを外してから、テーブルの中央に置いてスピーカーモードで最新の録音を再生し始めた。

俺も岩泉もテーブルに近寄って耳を澄ませる。

すぐにスマホから、犯人と前総裁のやり取りが流れ出す。

《お前が國鉄幹部の小海か？》

犯人の声は少し低い男で、ボイスチェンジャーは使用せず変化させていなかった。

聞いた感じでは声質の雰囲気は若く、二十代か三十代くらいに感じた。

《そうだ。わしは國鉄名誉顧問である小海仁三郎だ。貴様か？　孫娘を誘拐したという不届き者は？》

さすが前総裁だけに、誘拐犯を相手に堂々としたものだった。

《そうだ。さっき、熱海の駅近くで拉致した》

《本当に拉致したのか？ うちのはるかを……》

前総裁は半信半疑といった雰囲気で聞き返す。

《疑っているのか？》

《最近は年寄りを狙った、そういった詐欺が流行っているそうだからな》

そこで犯人の男はフッと笑う。

《証拠に服を脱がせて、下着の色でも言えば信じるのか？》

《やめろ。はるかに何かあったら、貴様を許さんからな》

前総裁は語気を強めた。

《こっちも金が必要なだけで面倒なことは勘弁だ。お前なら簡単に払える程度の金額にしておいてやるから、警察に連絡せず素直に身代金を払え。俺達がちゃんと金を受け取れば、孫娘はケガすることなく家に帰れるってもんだ》

《身代金さえ払えば、はるかには指一本触れずに返すのだな？》

《あぁ、小細工することなく素直に払えば……だがな》

少し間が空いてから、前総裁が承諾する。

《分かった。孫娘の安全には代えられん。身代金を払おう。いくらだ？》

前総裁が素直に取引に応じたことで、男は勝ち誇ったような感じで言う。

《じゃあ、ナンバーを記録していない現金で、五千万円用意してもらおうか》
その瞬間、今まで落ち着いていた前総裁が、初めて「ぐぬぅ⁉」と唸った。
そうだよな……いくら前國鉄総裁とはいえ、五千万円と言えば大金だ。
そう簡単に「払う」とは言えないだろう。
ずっと黙っていると、犯人の薄ら笑いが聞こえてくる。
《なに金額聞いたら絶句しちまってんだよ、じいさん。安いもんだろうが～あぁ？ 孫娘の命がたった五千万円で買えるんだからよぉ》
《……………》
前総裁はじっと黙っていた。
《そもそも、てめぇの金は俺達の税金だろう？ なぁ》
《……なんだと？》
《税金ドロボウの國鉄に勤めていたお前ら幹部の貯めた金なんて、要するに俺達が納めた税金じゃねぇか。それを取り返すのは、国民の当然の権利ってもんだろ》
最後にアハハと男は高笑いした。
その瞬間だった。
スピーカーが割れんばかりの声で、前総裁が叫んだ。

《カ――――――――――――――――――――――――――――ッ!!》
その迫力に驚いた俺達は、スマホを中心に全員『おわっ』とのけ反った。
オーラのような前総裁の言葉の衝撃波は電話向こうの犯人まで届いたらしく、何かガタンとぶつかったような音が響いた。
《さっきから黙って聞いておれば、適当なことをほざきおって、このチンピラがっ!》
声のトーンは今までと変わらなかったが、その迫力は数倍に増していた。
その証拠に、犯人からの返答がまったくなくなった。
《貴様、身代金を五千万円とぬかしたなっ!》
きっと、高額な身代金を言った犯人に対して、心からムカついたのだろう。
すごい剣幕で怒っていることは、録音された音からも伝わってきた。
《おっ、おう……びた一文まけねぇからなぁ》
なんとなく犯人の声は、すっかり怯えているように感じた。
《誰がまけろと言った？　小海の財力を舐めるなよ》
《はぁ？　何が言いたいんだ？　じいさん》
一呼吸おいた小海前総裁は、驚くべきことを大声で言い放った。

《身代金は二億だ！》

そんな会話を聞いた俺と小海さんと岩泉は前総裁を見つめたが、まったく動じることなく「それがどうした？」とでも言わんばかりの顔で胸を張って座っていた。

どこの誘拐された家族が、身代金を四倍に吊り上げるんだよ？

もちろん、そんなことを言われたら、逆に犯人の方が動揺する。

《にっ、二億だと～～～!?》

《そうだ。大事な孫娘の身代金が、たったの『五千万円』とは何事だ！ このバカ者めっ》

《…………》

理不尽なことで説教を受けている犯人は、言い返す言葉が見つからないようで黙ったまま聞いていた。

《わしは、はるかを目に入れても痛くないほどにかわいがっておるし、小海を継ぎ背負って立つ者として、その才能に大いに期待しておる。その娘の命の値段が五千万円なんかであるわけがないじゃろ‼》

そこでゴホンと咳払いした前総裁は、少し奥歯に物が挟まったような言い方で続ける。

《それに……そんな話が広まってしまったら、経団連の連中で集まった時に笑い者になるわ》
前総裁がフンッと鼻を鳴らす音が聞こえた。
《わっ、分かった……二億でいい》
《そうか。それから、何やらわしを税金ドロボウと、のたまったな、小僧》
知らないうちに前総裁が話の主導権を握っており、犯人を小僧呼ばわりしている。
《おっ、おう……そうだ。その通りだろう……國鉄関係者なんだからよっ》
それについても犯人は《カ――ッ‼》と怒られた。
《國鉄総裁なぞ、困っておるお国のために受けたこと。小海の家はそんな卑しい給金なぞで大きくなったと思わんでもらおうか、小僧》
《わっ、分かった、分かった》
頭ごなしに怒られ続けた犯人は、既に辟易しているようだった。
《それで？　二億はここへ取りに来るのか？》
《あっ、あんただって、金を用意するのに時間がいるだろ？》
前総裁はフッと笑い飛ばす。
《二億程度の金が手元になくて、小海の当主が務まるか》
《そっ、そうなのか……》

身代金の話になってから、完全に犯人は前総裁に喰われてしまっていた。
もうこうなったら、どっちが犯人の立場なのか分からない。
《警察にも連絡はせん。はるかを連れて堂々と熱海の別荘に来るがいい。熱海の者に『小海の別荘はどこか？』と聞けば、知らぬ者はおるまいからなっ》
《そんなこと言うが……。本当は警察を呼ぶ気じゃねぇのか？》
犯人は恐る恐るといった雰囲気で聞いた。
《バカ者、國鉄には鉄道公安隊という警察組織がある。元國鉄の長たる総裁が警察なんぞの力を頼ったとの話が広まれば『だったらそんな組織は要らぬ』と、國鉄分割民営化のキッカケづけにされてしまうわ》
前総裁は電話越しでも、完全に相手を圧倒していた。
《分かった。既に金の用意は出来ているんだな》
《そういうことだ。何度も聞くな》
犯人は少しだけ間を開けてから言う。
《では、後で金の受け渡し方法を連絡する》
そこで電話はプツリと向こう側から切られた。
スマホを持ち上げながら、前総裁を少し叱りつけるように小海さんが言う。

「どうして、身代金の金額を上げるんですか⁉」

「そんな値段であろうはずがないだろう、はるかの命は。奴らに持って行く気力があるのなら『十億だ』と言ってやるところだったのだから、わしとしてはまだ不満な金額だ」

「もう、おじい様は……」

小海さんは呆れたが、前総裁はなんら動じることなく堂々としたものだった。

岩泉はウゥゥムと唸る。

「つまり……桜井を小海と間違えて誘拐したわけだな」

俺は静かに頷く。

「だから、こいつらと交渉を続ければ、桜井を『取り戻すことが出来る』ってことだ」

顔を見合わせた俺と岩泉は頷き合った。

小海さんが前総裁を厳しい目で見つめる。

「おじい様、身代金は持ってきておられますね？」

「あぁ、ここに捜査本部を立ち上げさせる予定だったからな」

小海さんは力強く右手を前に差し出す。

「では、その身代金二億を私達にお貸しください」

腕を組んだ前総裁は、ムッと難しそうな顔をする。

「はるか、お前が誘拐されたのではないのだろう？　だったら——」

前総裁の言葉を途中でピシャリと遮る。

「あおいは、私の親友です」

「いや……しかし、それとこれとは——」

前総裁は困った顔をしていたが、小海さんは真剣な表情のままグッと右手を前に伸ばす。

「身代金を二億に引き上げたのは、おじい様です！　その責任は取らなくてはならないのではありませんか？　小海の当主として」

「それは確かに……そうだが」

どんな相手に対しても動じなさそうな前総裁だが、孫娘である小海さんにだけは敵わないところがあるようだった。

だが、さすが前総裁の判断は素早かった。

「よしっ、分かった！」

右手を挙げて出入口に向かって大きな声で人を叫ぶ。

「舞鶴（まいづる）！」

まるで喪服のような黒い細身のスーツを着て、スクエアタイプの銀縁眼鏡を掛けた頭の良さそうな長身の男が、出入口のところに音もなくスッと現れた。

なっ、なんだ⁉　今までどこにいた⁉

まるで忍者か特殊部隊の兵士のような動きに俺は驚いた。

前総裁の話しぶりからすると、舞鶴さんは小海家で働いている秘書とか執事といった立場の人のようだった。

「なんでございましょう、お館様（やかたさま）」

「例の身代金をここへ持て」

「既に用意してございます」

出入口の向こう側にしゃがみ込んだ舞鶴さんは、アルミ製と思われる丈夫そうなキャリーケースをすぐに前へ向かって差し出した。

まるで、前総裁が何を言うかを予測していたような動きだった。

舞鶴さんはキャリーケースを少し浮かせながら持ち、事務所の中へ入って音をたてることもなく静かにテーブルの上に置く。

よく見ると、舞鶴さんは鉄道公安隊員と同じような白い手袋を両手にしていた。

「ご苦労。下がれ、舞鶴」

前総裁は顔を見ることなく命令する。

「御意にございます」

回れ右をした舞鶴さんは俺達と少しも目を合わせることもなく、まるで風のようにスッと分室から消えた。

前総裁はキャリーケースの上に右手を置く。

「では、これをはるかに託す」

グッと押されたキャリーケースを、小海さんは大切そうに受け取る。

「ありがとうございます、おじい様」

「こんなものは小海にとっては『はした金』だが、世にムダなお金というものはない。だから、大切に使いなさい」

小海さんはしっかりとした目で「はい」と力強く答えた。

そんな小海さんを少し嬉しそうな顔で見ていた前総裁は、何かに納得したように椅子からスッと立ち上がる。

「では、後は任せるぞ」

そのまま堂々と胸を張りながら、出入口へ向かって歩き出す。

「おじい様！」

小海さんに呼ばれた前総裁は、出入口のところで足をピタリと止める。

「ここからは君達に任せた方がいいだろう」

「……おじい様」

前総裁はほんの少しだけ首を右へ回す。

「そうだ……なんと言ったかな？　今年の警四の班長代理は」

俺はガシッと両足を揃えて気をつけの姿勢をとり、額に右手をパシンとつけて叫ぶ。

「高山直人であります！」

「そうか。では、高山直人班長代理。君にはるかのことを任せるぞ。しっかりと協力し合って親友を助けてやりなさい」

その言葉を聞いただけで、胸の奥がグッと熱くなる。

俺は全身に力を入れて答えた。

「高山直人、微力ながら全身全霊で取り組みます！」

「いい返事だな」

小海前総裁はウムと納得したような声をあげて、舞鶴さんが開いて待っている後部ドアへ向かってゆっくり歩いて車に乗り込んだ。

ドアを閉めた車は来た時とは反対に、とてもゆっくりと動きだし、ロータリーを回ってから、大きな邸宅の立ち並ぶ熱海海岸の高台の方へ向けて走り去った。

03　身代金受け渡し　非情警戒

鉄道公安隊熱海分室には、俺達三人と二億が入ったキャリーケースが残された。

壁に掲げられた白く丸い時計を見ると、18時45分を回りつつあった。

俺達はテーブルの上に載ったキャリーケースを囲むように、三人で椅子に座る。

「で？　どうすんだ、これから」

何も考える気がない岩泉は、俺の顔を見ながら呟く。

「いきなり『どうする』って言われてもな～。相手のあることだからなぁ～誘拐は」

俺が悠長にそう言ったら、小海さんは両手を広げて必死な顔で叫ぶ。

「あおいを助けるのよっ！」

少し気合が入り過ぎている小海さんに、俺と岩泉は微笑み返す。

「それは当然だな」

「小海さん、桜井は必ず救出するから心配しないで」

「ゴッ、ゴメン……私も鉄道公安隊員なのに、一人だけ焦っちゃって……」

少し落ち着いた小海さんは、ガクンと肩を落とす。

「気持ちは分かるよ。小海さんは桜井が『身代わりになった』って気にしているんだよね。

それはそうかもしれないけど、今はそういう負い目は忘れて、『どうすれば無事に桜井を救出できるか？』ってことに全神経を集中させた方がいいよ」

「そうね、そうする」

小海さんの目に冷静さが戻って来た。

「とりあえず、こちらから何か仕掛けられるわけでもないから、当面は犯人からの『身代金受け渡し方法の連絡を待つ……』ってことだろうな」

「そっ……それしかないよね」

小海さんは握りしめている前総裁のスマホをじっと見つめた。

「じゃあ、警察を呼んだ方がよくねぇか？」

岩泉が俺を見る。

「まぁな、どこかの公衆電話からなら逆探知して地域を絞れるし、携帯電話なら基地局が分かるだろうからな～」

たぶん、前総裁とのやり取りを聞いていなければ、俺はすぐに警察に電話していた。

俺がすぐに警察に協力を依頼しないことに、岩泉は不思議がる。

「どうしたんだよ？」

「さっきの犯人と小海前総裁との会話聞いたろ？」

「聞いていたが……なんかあったか？」

やはり聞いていたような雰囲気だけか⁉　筋肉頭脳～。

いつもの雰囲気になってきた小海さんはフッと微笑む。

「おじい様は……國鉄には鉄道公安隊がある。警察の力を頼ってしまったら『そんな組織は要らぬ』と、國鉄分割民営化のキッカケづけにされてしまうんじゃないかって……。そんなことを言っていたわよ」

それで岩泉も理解する。

「そうらぁ〜そうだよな。自分達の隊員が誘拐されたのに、警察に『助けてくれ』なんて言った日にゃ、どこかでつけ込まれちまうだろうな」

俺は小さなため息をつく。

「俺達だけが『恥をかく』とか『始末書書く』くらいならいいけどさ。鉄道公安隊全体に迷惑がかかると思ったらさ……そう簡単には警察に連絡は出来ないだろ？」

そこで岩泉はニヒッと笑う。

「じゃあ、話は簡単じゃねぇか」

「どうすんだよ？」

岩泉は右の人差し指をキャリーケースの上にビシッと立てる。

「鉄道公安隊に連絡すりゃ〜いいじゃねぇか」

「鉄道公安隊〜？」

そんなことは分かっていた俺は、やる気なく聞き返す。

岩泉はチラリと時計を見上げる。

「まだこの時間なら東京中央公安室にも人は残っているからよ。大湊室長に報告すりゃ〜本社の鉄道公安隊が全力をあげて助けてくれんだろ」

「そうだろうなぁ〜きっと」

俺は白い天井を見上げながら、まったく気持ちを込めることなく棒読みで答えた。

「なんだよ？ まったく乗り気じゃねぇな、班長代理」

「それは拉致された時にも言ったけどさ〜」

「そうだったか？」

岩泉はすっかり忘れていた。

「もしかしたら『桜井救出に全力をあげるぞ！』って、盛り上がってくれるかもしれないけどさぁ〜。東京中央公安室で最終判断をするのは、あの事なかれ主義の大湊室長だぞ」

「おっ……そうだったな」

「変に保身に走られた日には……『桜井君には鉄道公安隊員としての職務を全うしてもらいたい』とか言い出して、身代金受け渡しにさえ応じないかもしれないぞ」

ピクリと動かした岩泉の額から、細い汗がタラリと落ちる。

「まさか……そっ、そんなことはねぇんじゃないか？」

顎に右手をあて考えながら、小海さんは呟く。

「なくもないわよ。このお金は前総裁であるおじい様の物だから、捜査本部長になった人は『絶対に奪われちゃならない』って忖度して、あおいの命よりも、お金が奪われないように尽力するかもよ」

「そうなったら……犯人に身代金が渡らなくなる」

小さく頷く俺に、岩泉は首を傾げる。

「まぁ、そうなったらそうなったで、犯人は次の受け渡し方法を言ってくんだろ。どうしても金が欲しくて、こんな誘拐事件を起こしたんだからよっ」

見上げていた首を戻した俺は、真剣な顔で二人を見る。

「そうもいかない」

小海さんは「どうして？」と聞き返す。

「今回は時間がないからさ」

「時間がないって？」

俺は小海さんを指差す。

「今は桜井を小海さんと間違えているから、犯人は手を出していないだろうけど……」

そこで小海さんは両手を口にあててハッとする。

「もし、あおいが私じゃないとバレたら……」

真剣な顔になった岩泉は、口を真っ直ぐに結ぶ。

「即、始末するな」

二人の顔を見ながら俺はスッと頷く。

「そういうことだ。小海家の孫娘じゃないって分かったら、犯人らは『身代金を受け取れない』って考えるだろう」

「そうだろうな」

「しかも今は……桜井自身も『自分が小海さんと間違えられて拉致された』って事実を知らないんだぞ」

小海さんの顔から血の気が引く。

「自分で『私は桜井あおいよ』なんて言ったら……」

「それで終わってしまうんだ」

「どっ、どうしよう〜〜〜」

頬に両手をあてながら、小海さんはまた動揺した。

「だから……あまり時間がないんだ」

「そっ、そうね……」

「なんとか、桜井が状況を素早く察してくれて、うまく小海さんのフリを続けてくれるのを祈るしかないな」

「あおい……大丈夫かな？」

小海さんはとても心配そうな顔をした。

だが、それがうまくいったとしても、俺にはまだ心配事があった。

「だけど、桜井に小海さんのフリはいつまでも出来ないと思うんだ」

俺が見つめたら、小海さんは少し体を引いた。

「そっ、そんなことないよ。私だってあおいだって普通の女の子なんだから、そう簡単にバレはしないいんじゃない？　幸い私の服も着ているし……」

俺は首をゆっくり左右に振る。

「いや、お金持ちのお嬢様かどうかなんて、一日も一緒にいたらバレんじゃない？　きっと、仕草や言葉使いが全然違うだろうからさ」

「自分ではよく分からないけど……」

少し下を向いた小海さんは、床に目線を落とす。

二人の顔を見てから、俺は自分の考えを伝える。

「そういうこともあって、早急に桜井を救出したいんだ。時間がかかればかかる程に、桜井の身に危険がおよぶはずだから」

「そりゃ～当然だな」

岩泉は白い歯を見せて微笑む。

「きっと今から鉄道公安隊に連絡すれば大騒ぎになって、すぐに解決することは難しくなるし、國鉄本社が中心になったら俺達が動くことは出来なくなるだろう」

「絶対にそうなるよね」

小海さんがコクリと頷くのを見てから、俺は強い言葉で言った。


「だから、桜井救出は警四だけでやろう！」


小海さんは驚いて目を大きくし、岩泉は楽しそうに微笑んだ。

「本当に⁉　そんなこと出来るの⁉」

「おもしろそうじゃねぇか！」

岩泉は開いた左手に、勢いよく拳にした右手をパンと打ち込む。

「要するに身代金さえ犯人らの手に渡れば、桜井が開放される可能性がある」

「それはそうかもしれないけど……」

「とりあえず、桜井さえ救出してしまえば、後日、残った証拠品から犯人らを追うことも出来るはずじゃない？」

そこで小海さんは俺の狙いに気がついた。

「そっか、捜査本部なんか立ち上がっちゃうと『身代金は奪われないようにしつつ、あおいを救出する』から大変だけど、『あおいを救出するだけ』なら、もしかしたら私達だけで出来るかもしれないって……ことね」

「そういうこと。前総裁には申し訳ないんだけど……」

俺がすまなそうに言うと、小海さんは首を左右に振って微笑む。

「そんなことは気にしなくていいよ、高山君。身代金を勝手に値上げしたのはおじい様なんだし、私が誘拐されていれば犯人にあげるつもりだったんだから、このお金は」

俺はしっかりと頭を下げた。

「ちゃんと取り返せるように努力はするから」

「じゃあ、警四だけでの桜井奪還作戦の開始だなっ」

岩泉を見た俺と小海さんは、一緒に頷き合った。

その瞬間、小海さんが持っていた前総裁のスマホが鳴り出す。

画面を見ると「非通知」と表示されていた。

前総裁のスマホに、非通知で電話をかけてくる奴なんて一人だ。

「きっと、犯人からよ」

「じゃあ、話は俺に任せて」

それは桜井から教えてもらったことだが、俺は適当な話を続ける才能があるらしい。

そのおかげで数々のピンチを乗り切ってきたので、少し自信がついていたのだ。

小海さんもそれを知っているので、俺を信頼してくれて静かに頷く。

「分かった、ここは高山君に任せる」

「じゃあ、いくよ」

小海さんがキャリーケースの上にスマホを置き、まず録音ボタンを押してから、次にスピーカーボタンを押して全員が聞こえるようにする。

《おい、出るのが遅えぞ》

さっきの電話と同じ男の声がしてきた。

こいつ単独の犯行なのか？ それとも複数犯なのか？

俺はそんなことを考えながら、落ち着いた雰囲気で電話に出る。

「大変申し訳ございません。大変なことが起きてしまいましたので……」

もちろん、前総裁とは違う声が聞こえてきたのだから、犯人は戸惑う。

《誰だ⁉ てめぇは！》

こういう反応は予測済みだ。

「わたくしはお館様の執事を務めております、舞鶴と申します」

俺は舞鶴さんのフリをして、犯人との交渉をやることにしたのだ。

《じいさんは、どうした⁉》

俺はフッと一息ついてから、少し重たい雰囲気で話し出す。

「お館様は……その……先ほど倒れられてしまいました」

《なんだと～？》

犯人は少し疑っているような感じで聞き返す。

「きっと、はるか様の誘拐で弱かった心臓に大きなご負担が、かかってしまったのでございましょう。突然、フラリと倒れられて……」

俺が次から次へといい加減なことを並べて犯人の相手をしているのを、小海さんと岩泉が小さく口を開けながら尊敬……いや呆れて見ている。

「……きっと、これは才能よね、高山君の」

「……俺にはぜってぇムリだな」

二人は声が入らないように、囁きあった。
犯人は俺をまだ信用していない。
《本当か？ お前、刑事じゃないのか？》
相手には見えないが、俺はちゃんと首を横に振りながら話す。
「滅相もございません」
《よくあるだろ？ 警察の中にある『交渉課』とか『プロファイリング課』とか、そういう部署の奴じゃねぇか？ お前》
「そんなことはありません。わたくしを信じてください。お館様より『代わりにお前が身代金の受け渡しをしろ』とのご命令を受けております」
犯人は少し黙っていたが、すぐにチッと舌打ちをした。
《まぁ、いいだろう。じゃあ、身代金の受け渡し方法を言うぞ》
「はい、よろしくお願いいたします」
《一回しか言わねぇから、しっかりメモしろよっ》
「分かりました。よろしくお願いいたします」
顔を見合わせた俺達は頷き合った。
《お前がいるのは、熱海の別荘か？》

「はい、そうでございます」
俺は小海さんの別荘にいるフリをした。
《じゃあ、二億の金を持って、すぐに熱海駅へ向かえ！》
「熱海駅ですね」
《いいか？　金を運ぶのは、舞鶴、お前一人だ。他には誰も手伝わせるな》
俺は目の前にある大きなキャリーケースを見る。
「しかし、二億と言えば、重量は約二十キロ。一人で運ぶには少し――」
犯人は笑い混じりの声で言葉を遮る。
《そりゃ～じいさんが意味不明に、身代金を二億にしたからだろう？　俺は一人でも運べるように『五千万円でいい』って言ったのによっ》
「それは確かに、そうでございますが……」
《だから俺達はそんなことは知らねぇな。お前らでどうにかするんだな》
「分かりました。では、キャリーケースで運んでもよろしいでしょうか？」
《キャリーケース？》
男は疑うような聞き方をする。
「ええ、アルミ製のキャリーケースなのですが、それであれば二億を全て一つに入れられて、二十キロあったとしても私一人で運べますので」

　こちらには何も聞こえないような小さな声で、犯人はブツブツと呟いていた。

　その間に口パクをしながら、俺は岩泉にブロックサインのようなジェスチャーを見せる。

（……着替えておけ）

（……着替え？）

（……何か執事っぽく見えるような感じで）

（……俺が執事に～？）

　首を捻った岩泉は、仕方なさそうに椅子から立ち上がってロッカー室へと消えて行く。

　俺はスマホに向かって懇願する。

「お願いいたします。わたくし一人ではこうしないと……」

《分かった。そのキャリーケースをお前一人で持ち、すぐに熱海駅へ向かい19時9分発の小金井行・國鉄東海道本線の列車に乗れ》

　壁の時計を見たら、19時寸前だった。

「えっ⁉　あと、十分もございませんが⁉」

　俺は執事で別荘にいるフリをしていたので焦ってみせた。

《しっかり高級車を飛ばして19時9分発の小金井行の列車に乗るんだな。乗り遅れたらお前

らとの交渉はしねぇからな》
「わっ、分かりました」
《じゃぁな。頑張れよ～舞鶴》
犯人が自分の要求を全て伝え切り、意気揚々と電話を切ろうとする。
今だ！
完全に犯人が「自分のほうが優位だ」と思う瞬間を、俺は待っていたのだ。
「あの～大変申し上げにくいことなのですが。一つだけお館様より、厳命されていることがございまして……」
《なんだ？　早く言え》
犯人がイラつくのが分かった。
「お館様は『はるかの生存を確認出来ないうちは、絶対に身代金は渡さんように』と……」
身代金を早く受け取りたい犯人は、電話を切らずに俺の話に応じた。
《なんだ？　『声でも聞かせろ』って言うのか？》
俺はじらすように、なるべくゆっくりと落ち着いた口調で言うようにする。
「はい。そうして頂かないと……お金をお渡しすることは出来かねます。これだけはわたくしの一存ではムリでございまして……」

イラつく犯人は、チッとまた舌打ちをした。

だが、こっちが警察に連絡しておらず、これさえ飲めば二億が手に入ると犯人は思い込み始めているので、そう簡単には断ることは出来ないようだった。

俺は犯人がそういう気持ちになるタイミングを待ったのだ。

《しょうがねぇな……。考えておく》

犯人は渋々承諾した。

「よろしくお願いいたします。身代金を受け渡し前に、必ず……必ず……はるか様のお声をお聞かせくださいませ。そうしないうちにお渡ししてしまっては、わたくしは執事をクビになってしまいます」

《分かった、分かった》

男はぶっきら棒にカチャリと電話を切った。

電話を切った瞬間に、小海さんは「ふぅ」と少し止めていた息を吐く。

「すごいねっ、高山君！」

だが、俺には何を褒められているか、いまいちよく分からない。

頭の後ろに右手をおきながら「まぁ……ね」と照れる。

「とりあえず、これで桜井と話が出来る」

「まぁ、これは飯田さんに教えてもらった『犯人の言いなりになるだけじゃなくて、こちらからアクションを仕掛けて予想外の動きを誘う』ってことなんだ」

小海さんはコクリと頷く。

「そっか、今まではあおいと話す予定はなかったけど。こうなったら犯人は電話口まで、あおいを呼んで来ないといけなくなるもんね」

「桜井の監禁場所が、すぐにでも連絡が取れる場所ならいいけど、離れた場所なら犯人側でも予想外の動きをしなくちゃならなくなるからね」

そこまで言った俺は「それにね……」と呟く。

「それに？」

小海さんが聞き返してきた時、ロッカー室のドアがバーンと勢いよく開く。

岩泉は首元に細くて黒いネクタイを結び、白い半袖のワイシャツを着て、下には紺のズボンを穿いた上で、黒縁の眼鏡を掛けて出てきた。

「これでいいか？」

普段そんな格好をしない岩泉は、少し恥ずかしそうだった。

なにせいい体格なので、どんな服を着ても舞鶴さんのような線の細い感じにはならない。

「なんだか契約更新に来た野球選手みたいだけど、まぁ、いいだろう」

「しょうがねぇだろ」

頬を赤くした岩泉は、口を尖らせながらテーブルへ向かって歩いてきた。

俺はキャリーケースのハンドルを岩泉にクルリと回して向ける。

「岩泉、こいつを持って、19時9分発の小金井行に乗れ！」

「了解だ、班長代理」

岩泉は札束だけで二十キロもあるキャリーケースを片手で軽々と持ち上げ、感触を確かめてからテーブルに置き直した。

さすがだな……岩泉。

きっと、普通の人なら顔をしかめるくらいの重量がハンドルにかかっているのに……。

そこで小海さんは心配そうな顔をする。

「大丈夫？　犯人は舞鶴さん……いえ、高山君が来ると思っているんじゃない？」

「そうだと思うよ」

「だったら……」

ニヤリと笑った俺は、前総裁のスマホを岩泉に見せる。

「いいか、犯人とは、俺がこいつで引き続きここで話す」

「じゃあ、俺はどうすんだ？」

「今から舞鶴さんの体はお前、声は俺ってことだ」

「なるほど、そういうことか」

岩泉は口角を上げる。

「俺は電車に乗っているフリをして犯人との交渉を続ける。そして、何か指示があれば、お前のスマホに小海さんのスマホからメッセージを飛ばすから」

「了解だ！」

俺は立ち上がって、岩泉の前に立つ。

その瞬間、俺達は合図することもなく、同時に足を揃えてガッと鳴らし敬礼し合う。

「頼むぞ、岩泉」

「こいつを取りに来る奴がいたら、やっちまっていいのか？」

楽しそうに笑う岩泉に、俺もニコリと笑い返す。

「いいぞ」

「そうかっ！　じゃあ、こいつに触った奴は、全員警棒のサビにしてやるぜ！」

岩泉は白い歯を見せて嬉しそうに笑う。

俺がそんなことを言ったことに、小海さんは驚いた。

「いいの？ 高山君。身代金が犯人の手に渡らなかったら、あおいを返してくれなくなるんじゃない？」

俺は岩泉と一緒に、額につけていた右手をスタッと同時におろす。

「たぶん、犯人グループのメンバーの一人が、取りに来ることはないよ」

「犯人グループのメンバーじゃなくても、事件については何も知らない『受け子』みたいな人が、キャリーケースを取りに来ることがあるんじゃない？」

小海さんは心配そうだったけど、俺は静かに首を左右に振って自信をもって微笑んだ。

「だって、あいつは俺の容姿について、何も聞かなかったからね」

小海さんはハッとする。

「確かに……」

「もし、こちらに接触してキャリーケースを受け取る気なら、必ず『どういう格好だ？』って聞いてくるはずでしょ？ だけど……犯人がそうしなかったってことは、きっと別な受け取り方法を指示してくるはずだよ」

奥歯を噛みながら小海さんが聞く。

「じゃあ、どんな方法で？」

俺は手のひらを上へ向けて、左右に開いて「さぁ」と笑った。

「それは犯人から聞いてみないと分からないよ」

「……そっか」

小海さんは悔しそうな顔をした。

細かいことを考えない岩泉は、ガシャリとキャリーバッグのハンドルを掴む。

「まぁいいや。俺はこいつを運び、触ろうとした奴は確保しちまえばいいってことだな」

岩泉は学生鞄くらいの勢いで、軽々とキャリーケースを持って出入口へ歩きだす。

小海さんは追いかけていって、出入口まで見送る。

「気をつけてね、岩泉君！」

「ありがとよっ、小海。桜井は俺が絶対に無事に救出してやるから、もう心配すんなっ」

ニコリと微笑んだ小海さんが、信頼を伝えるようにしっかりと頷く。

「分かった。行ってらっしゃい、岩泉君」

「おうっ、行ってくるぜ！」

右手を挙げる小海さんに見送られて、岩泉は駅へと続く歩道をドスドスと走って行く。

すぐに改札口から熱海駅構内へ入って見えなくなってしまった。

俺と小海さんは窓を開いて、ズラリと並ぶ蛍光灯によって照らされている、少し薄暗いホームを見つめる。

すぐに発車時刻の19時9分になり、熱海駅にファァァンと気笛が響く。

4番線からは車体を深い緑と柿色の湘南色に塗られた、鋼鉄製の國鉄231系が小金井へ向けて走り出す。

最後尾に光っていた赤いテールランプは、あっという間に見えなくなってしまった。

「犯人はどうやって身代金を受け取るつもりなのかしら？」

外を見つめたまま小海さんが呟いた。

「なんにしろ、そんなに時間はかけないんじゃない？」

「どうしてそんなことが分かるの？」

小海さんは首を傾げる。

俺は窓を閉めてテーブルに戻り、小海さんと前総裁のスマホを挟むようにして座る。

「だって、終電まで、もう約五時間くらいだよ」

「犯人は終電までに身代金を受け取りに来る……ってこと？」

「きっと、明日まで岩泉を振り回すことはしないよ。なんとなくそんな気がするんだ」

小海さんは不思議そうな顔で俺を見る。

「なんとなく？」

「あの犯人はすごくお金に困って、突発的に犯行に及んだんだと思うよ。だから、今日、ネットニュースで見た『國鉄幹部のお嬢様』ってフレーズに引っかかって、急遽、熱海まで拉致しにきたくらいなんだからさ」

「じゃあ、早くお金を受け取りたいのね」

「そういうこと」

俺は右の人差し指だけを伸ばして微笑んだ。

そんな話をしていたら、スマホがフルルルッと鳴った。

落ち着いてスピーカーボタンを押した俺は、少し息を荒くしながらしゃべりだす。

「はぁ……はぁ……乗り込みましたよ。熱海19時9分発の小金井行の普通列車に……はぁ」

《そうか、まずは合格だな》

「はぁ……ありがとうございます……はぁ……」

《ちゃんと一人で来たようだな》

こいつ熱海のどこかで、こちらの動きを見張っているのか？　いやそんなことはないな。

直感としては「たぶんブラフだろう」と俺は考えた。

だが、こちらの背格好を正確に知らなくても、二億円が入りそうなアルミのキャリーケースを目印とすれば、19時9分発の列車に飛び乗ってくる人間を待つことも出来るから、絶対にこっちを見つけられないとも言えなかった。

「当たり前ですよ。そういうお約束ですから……はぁ……」

だんだん、息が整っていくように見せかける。

《約束を守ってくれると、仕事がしやすくていい》

「では、そちらもお約束をお守りください」

犯人は少し機嫌悪そうに答える。

《お嬢様の『声を聞かせろ』って奴か？　それは用意させている》

「ありがとうございます」

《さて、早速だが根府川に着いたら下車しろ！》

「根府川ですね……」

俺がそう確認する間に、電話はブチッと切られていた。

「根府川で下車ね」

自分のスマホを取り出した小海さんは、岩泉のスマホへ短いメッセージを送る。

すぐに岩泉から【了解】という返事が戻ってきた。

「どうして？　たった三駅で下車させるの？」

「周囲に捜査員がいないかチェックしたいんじゃない？」

「そっか、割合、用心深い犯人みたいね……」

「小海さん、小金井行の各駅停車の根府川到着って何時何分？」

時刻表二冊を全て暗記している小海さんは、調べることもなく即答する。

「19時23分よ」

「じゃあ、あと二分か」

俺達は壁に掛かった時計の赤い秒針がカチカチ動くのを見つめた。

いつもなら気にもしない時間だが、今日の二分はすごく長く感じた。

秒針が23分を超えた頃、岩泉から【着いたぞ】とメッセージが入ってくる。

だが、犯人からの連絡はない。

根府川駅は相模湾が一望出来る朝日がキレイな駅だ。

だが、この時間の根府川駅なら上り列車から下車する人は一人もおらず、誰もいないホームで岩泉はポツンと立っているに違いない。

岩泉から次のメッセージが届く。

【どうすんだ？】

俺は小海さんに言って、岩泉に返信してもらう。

【誰かいるか？ 岩泉】

【いや、誰もいねぇ】

【じゃあ、そこで指示があるまで待機だ】

【了解だ】

そんなやり取りを岩泉としていると、犯人からの電話が入る。

「あの、根府川に下車いたしましたが……これからどうすればよろしいのですか？」

《次の下り普通列車の静岡行に乗れ》

それだけ言って犯人は電話を切った。

仕方なく岩泉には「次の下り列車に乗れ」とだけ指示を送った。

ロッカーから最新の時刻表を取り出して、東海地方の地図を広げる。

「今度は下りか……」

「やっぱり捜査員の有無をチェックしているのかしら？」

小海さんが立ちあがって上から覗くと、明るい色の髪がすぐに横に垂れてきて、周囲には
フレグランスシャンプーのとてもいい香りが広がった。

邪魔にならないように、小海さんは髪をかき上げて耳にかける。

「たぶんそうだろう。受け渡し場所を特定されちゃうと、周囲を囲まれちゃうかもしれない

から、こうして揺さぶって包囲されないようにしているんだろうね」

「やっぱり、かなり用心深い犯人なのね」

真剣な顔の小海さんに、俺はフッと微笑みかける。

「きっと、営利誘拐は成功率が低いからじゃない？」

「そうなの」

「こういう犯罪って、身代金は受け取れずに、逮捕されてしまうことがほとんどなんだ」

小海さんは東海道本線に指を置く。

「だから、何度も乗り降りさせて、周囲に警察がいないかチェックして、例えいたとしても場所をコロコロ移動させることで、まこうとしているのね」

「そうなんだろうね。まさか、犯人も相手にしているのは、鉄道公安隊員三人だけとは絶対に思っていないだろうけどね」

フッと笑った俺は、両肩を上下させた。

結局、犯人からは三回に渡って乗り換えの指示が来た。

全て國鉄東海道本線の上りと下りを乗り換える指示で、少しずつ東京方面へ移動していった岩泉は、今は東京行の各駅停車に乗っていて茅ヶ崎辺りにいた。

時刻は20時15分くらいになった時、それは突然やってきた。

また、犯人から連絡が入る。
「また、國鉄東海道本線を下るのか？　そろそろ仕掛けてみるか」
俺はスピーカーボタンを押し、犯人より早くしゃべりだす。
「すみません。そろそろ、身代金を受け取ってもらえませんでしょうか？」
だが、電話からは変なしゃべり方をする女子の声が返ってきた。
《オホホホ……。なんですの？　こんな時にお電話だなんて～》
さっ、桜井⁉
驚いた声を押し殺して、俺と小海さんは口を半開きにしながら顔を見合わせた。
桜井は無事だったのだ。
《あんたの声を『聞かせてくれ』ってさ……》
なんだ？　今まで話していた奴とは違う声がする。
拉致されている桜井の横には、身代金を要求してきた男とは違う男がいるようだった。
つまり犯人側はグループで、複数犯だと考えられた。
そして、もう一つ気になることがある。
なんだ？　この音は？
誰かがしゃべっていると聞こえないが、ピタリと静かになると何かが聞こえてくる。

俺は耳を澄ませたが、ガサガサという音がして、桜井が電話に出てきた。

《小海はるかですわよ～》

その一言を聞けただけで、俺と小海さんは心から『ほっ』と安心する。

どういうことから自分が、小海さんと間違われていることに気がついたのか分からないが、なんとか身代わりを演じていてバレていないようだった。

しゃべり方は田園調布のマダムとでもいったような変な感じだったが、犯人らが始末も開放もしていないということは、桜井を小海さんだと思っている証拠だ。

俺は焦ったフリをしながらしゃべりだす。

「はるか様！　はるか様！　おケガはございませんか⁉」

《たかっ！》

桜井が口を滑らしそうになったので、被せるように大声で返す。

「**執事の舞鶴でございます！　はるか様**」

俺達は半年近く同じ釜の飯を食ってきた仲だ。

離れていて顔が見えなくても、すぐに意思の疎通をとることが出来た。

《舞鶴。心配かけるわねぇ》

桜井はこちらの状況を察して、うまく芝居に乗ってきてくれる。

「いえ、とんでもございません。只今、身代金をお渡しすべく頑張っておりますので、もう少しの辛抱にございます、はるか様」

《苦労かけるわね》

本当は居場所を聞きたいところだが、それを直接聞くわけにもいかないし、もし、そんなことを言ったら、すぐに電話を切られてしまうだろう。

何か……桜井の監禁場所を探る手はないだろうか……。

俺がギリリと奥歯を噛みしめていたら、桜井が突然変なことを言い出す。

《じゃあ、明日の夕食のことなんだけど》

夕食？ 開放されたら「すぐに食べたいもの」ってことか？

なぜ桜井がそれを言い出したのか分からなくて、俺は頭に「？」を浮かべつつ聞き返す。

「何がよろしいでしょうか？ はるか様」

するると、桜井はペラペラとしゃべりだす。

《いい？ 舞鶴。しっかり箇条書きでメモしなさい》

「分かりました」

俺の横で小海さんがペンを持って構える。

《キウイの新鮮なのを……運輸大臣様から贈って頂いたものが冷蔵庫に入っていると思うか

ら、それを前菜として食べたいわ》

なぜか桜井はマダムになり切って、突然明日の献立を指示してきた。

うっ、うん⁉ こんな時に何言ってんだ⁉

意味は分からなかったが、俺は桜井に話を合わせることにした。

「キウイですね」

《ヨーグルトと一緒にね、舞鶴》

「はい。キウイとヨーグルトは一緒に……ですね」

小海さんがカリカリと紙にメモしていく。

《サーモンも買ってきてもらおうかしら。カルパッチョにして食べたいから》

「なるほどサーモンがおいしい季節ですからね」

まったく意味が分からん。

なぜ、突然食べたいものを言ってきているんだ? 桜井の奴……。

戸惑った顔で小海さんを見たが、首を左右に振るだけだった。

更に桜井は続ける。

《ドーナツがあったら駅前で買ってきて、朝に食べようと思うから～以上よ》

「はい。分かりました。明日のお食事はお任せください」

そこで一拍おいた俺は、桜井に向かって聞く。

「お体の方は大丈夫でございますか？」

それは桜井のことを心配して言ったことだった。

フッと笑った桜井は、いつものトーンで返してくる。

《ありがとう。体は大丈夫だから心配しないで……舞鶴》

俺には「舞鶴」の部分が「高山」と聞こえた。

電話越しだったが、俺達は握手をするようにお互いの気持ちを交わし合う。

桜井からは「信頼しているから」と想いが俺達に伝わり、俺達からは「絶対に救出するから」という想いを伝えることが出来たと思う。

フッと笑みを浮かべた瞬間、桜井の大きな声が響く。

《あっ、ちょっとっ！　何すんのよっ……》

桜井の声が離れていき、さっきの男に代わる。

《充分に声を聞けたでしょう？　もう切っていいよね》

桜井の側にいる男は、身代金の男に比べて少し弱い感じのトーンだった。

《あぁ～はるか様のお声をもう少し～》

俺は抵抗してみたが、電話は空しく切られた。

すぐに小海さんが俺を見る。

「あおい……何か変だったよね？」

「あぁ、何か意味があるんだよ……きっと」

俺はすぐにスマホに手を伸ばして、さっきの会話を再生する。

この会話には桜井が監禁されている場所のヒントが隠されている！

俺が監禁場所を聞きだそうとしたように、桜井は自分で監禁されている場所を伝えようとしてきたのだと俺は考えた。

だから、今の録音は聞き直すべきだと思ったのだ。

俺は画面に指を置きながら、気になった部分で離して聞き直す。

最初に気になった場所は、男が《声を聞かせてくれってさ……》って言って桜井と代わるまでの十数秒間のところだった。

「どうしたの？ 高山君」

「ここで……何か聞こえない？」

俺はスマホのサイドにあるボタンを押して、音量を最大にする。

スゥゥというノイズも大きくなるが、その向こうから微かな音が聞こえてきた。

俺も小海さんもスマホに耳を傾ける。

だが、すぐに桜井が電話に出る直前のガサガサという大きな音になってしまう。

「分からないわ」

小海さんは首を横に振る。

「そうか〜何も聞こえないか〜」

「でも〜反対によくこんな静かな場所があったよね」

「都会なら車やバイクの音なり、人の声とか周囲の雑音とか聞こえそうなもんだよね」

「地下倉庫とかに監禁されているのかしら?」

小海さんは首を傾げる。

「ちょっと待って」

俺はタタッとロッカー室へ走って、デイパックに入れてあった自分のワイヤレスイヤフォンを取り出し、給湯室にあった除菌シートでサラリと拭く。

テーブルへ戻った俺は前総裁のスマホとペアリングしてから、片方を小海さんに手渡しながら言う。

「これで聞いてみて」

「分かった」

小海さんが自分の右耳にイヤフォンを入れると、こそばゆかったらしく体をブルッと震わせながら「ウウン」と恥ずかしそうな声をあげた。

準備が出来た俺は、もう一度同じ場所を再生するように指で戻してみる。

「もう一回よく聞いてみて」

静かに頷いた小海さんは、小さな白い右手で耳を覆い、左耳には栓をするように左の人差し指をスッと入れた。

「いくよ」

俺も左耳にイヤフォンを入れて指を離すと、再びノイズと共に音が流れ出す。

やっぱり！

こうしてみると、さっきよりもハッキリと聞こえてきた。

最初は無音だけど、やがてコツン……コツン……と響く小さな音が連続で四回鳴っていて、しばらくしたら静かになってしまった。

俺達は同時にイヤフォンを外して叫ぶ。

「列車の走行音だ！」

「列車の走行音ね！」

とても小さい音だけど、桜井が監禁されている場所の近くを線路が通っていて、そこを車両が通っているようだった。

少し嬉しかった俺は、右手を拳にしてグッと力を入れる。

「よしっ、手がかりを一つ手に入れたぞ」

「そうねっ」

ずっと暗かった小海さんが、嬉しそうに微笑んだ。

そして、俺は指を動かして、もう一つのポイントまで持っていく。

「最大の謎は、桜井が俺達に言ってきた『明日の夕食の献立』だよ」

「そうよねぇ〜。こんな状況で『明日食べたいもの』を言ってきたとは思えないよね」

「絶対に監禁場所の手がかりのはずさ！」

そこで俺達は桜井との録音データを二回ほど聞き返してみたが、変なことは分かっても、桜井が何を伝えようとしたのかが分からなかった。

俺は首の後ろに両手を組んで「なんだぁ〜？」と声をあげてしまう。

「サッパリ分からねぇぞ、桜井」

「犯人にバレちゃったら困るから、少し複雑なのはしょうがないよ」

「それはそうだけどさぁ〜、なんだよ？　明日の献立って……」

スマホ画面に振れた小海さんが、三回目の再生をスタートさせる。

「この会話で、あおいは監禁場所を私達に伝えようとしているのよね？」

俺は天井を見上げる。

「たぶんねぇ～、だって、そもそも言っていることが変だから」

「どういうところが？」

俺は小海さんを見つめる。

「普通にしゃべるならさ『運輸大臣様から新鮮なキウイを贈って頂いたから……』って言うところをさ、『キウイの新鮮なのを……運輸大臣様から贈って頂いたから……』って、倒置法？いやいや倒置法にもなっていないか」

小海さんは大きな胸を持ち上げるように腕を組んで考える。

桜井の服を借りていることを忘れているんだろうけど、そんなことしたら、紐によっておさえられているフロントレースアップから、胸がはみ出してしまいそうになっていた。

こんな時なんだが……目のやり場に困って、キョロキョロと周囲を見てしまう。

小海さんがそんな胸を前に突き出すようにして前のめりになる。

「う～ん……よく分からないけど『キウイ』って言葉を、文の頭に言いたかった……ってことなんだろうね、きっと」

「キウイ？ そんな地名聞いたことないぞ」

「そんな駅もないよね」

二人で『う～ん』と唸ってしまう。

「犯人から『場所が特定されるようなことは、絶対に言うな』って、事前に脅されているはずだろうからね、きっと」

そこで、俺の頭の中にポンと一つの思いつきが生まれる。

「ってことは……会話に混ぜて、自分の監禁場所を伝えようとしたとか？」

そうボンヤリぼやくと、小海さんは「会話に混ぜて……」と呟いてから、桜井の話した献立をブツブツと繰り返しながら考え出した。

きっと、瞬間記憶力の高い小海さんのことだから、すでに桜井の話したことは一字一句間違わずに覚えてしまっているに違いない。

「キウイ……イウキ？ いや違う。サーモン……サーモン……モンサー？ これも違うな」

会話に出てきた言葉を裏返したり、繰り返したりしてヒントを探すが、簡単に地名になりそうにはなかった。

「ったく桜井の奴。何かヒントを言うなら、分かりやすいのにしてくれよなぁ～」

その瞬間、小海さんがスクッと勢いよく立ちあがった。

そして、前のめりになってテーブルの上のスマホの両側にパンと両手をつく。

「**分かったよっ！　高山君**」

気合の入った小海さんの顔が眼前にあった。

「えっ⁉　本当に？」

信じられなかった俺は、少し引き気味に答える。

「あおいは監禁場所の地名を伝えようとしたのよ！」

俺は腕を組みながら唸る。

「う〜ん。でも、桜井は自分がどこに監禁されたか、地名まで分かるかな？　きっと、車に乗っている最中は目隠しとかされていただろうし……」

「でも、さすがに監禁場所では、外してくれているんじゃない？」

「まぁね。トイレにしても、食事にしても不便だろうからね」

小海さんはホームが見える窓をチラリと見る。

「監禁場所に窓があれば、遠くに山や森、湖、建物なんかも見えるから、もし、自分が行ったことのある場所なら、特定することが出来るかもよ」

その考え方には「そうかもしれない」と納得した。

「じゃあ、この会話の中に、監禁場所の地名が隠れていると？」

「そういうこと！　つまり暗号ってこと」

「桜井の暗号ねぇ」

「たぶん、高山君は考えすぎなのよ」

ニコリと笑った小海さんは体を立てて、右手の指を一本ずつ伸ばしながら桜井の暗号について自分の推理を話し出す。

「最初の食べ物が『キウイ』でしょう。そして、次の食べ物が『ヨーグルト』……」

「食べ物？」

俺には小海さんの狙いが分からなかった。

「そして、三つ目が『サーモン』で、最後は『ドーナツ』だった」

俺も指を折りつつ前から並べる。

「キウイヨーグルトサーモンドーナツ……」

もちろん、なんの地名にもなりゃしない。

「これで地名になるの？」

小海さんはフフッと笑う。

「あおいだって高山君と電話出来たことは突然だったはずだから、そんなに複雑な暗号にはせずに、ちゃんと分かりやすくしてくれているのよ」

「分かりやすく～？」

「それに……『箇条書きでメモしなさい』って言っていたのがヒントよ」

「箇条書き～？」

一枚紙を取り出し小海さんは、四つの食べ物の名前を横書きで並べていく。

ト
ルンツ
イグモナ
ウーーー
キヨサド

「ほら、ちゃんと地名になっている」

俺はこういった頭のトレーニング的なことが弱く、いつも最後まで分からない方だった。

「どういうこと？」

答えが分かっている小海さんは、ニコニコ笑いながら左の一行を読む。

「キヨサド」

そこに突然出現した地名に、俺は目を見開いて叫んだ。

「そうか！　桜井が監禁されているのは『清里』ってことかっ！」

「きっとそうじゃない。いきなりだったから、最後は「ト」のところが『ド』になっちゃったけど、きっと『自分は清里近くにいる』って伝えたかったのよ」

俺は少し感動していた。

「すごいよっ、小海さん！」

小海さんはアハアハと照れる。

「これ、ＳＮＳなんかで芸能人が『匂わせ』でよくやる『縦読み』って方法で、そんなにすごいことじゃないから～」

「いや、でも俺だけだったら絶対に分からなかったよ」

俺は改めて時刻表の地図を開いて清里を指差す。

「國鉄小海線だから、小淵沢からか……」

俺は何も考えることなく立ち上がる。

「よしっ、清里へ桜井を助けに行こう！」

「そうねっ」

立ち上がった小海さんは頷き、出入口へ向かって歩き出す。

「小海さん、服、服」

俺はまだ桜井の私服だった小海さんを指差す。

「たぶん、着替えている時間はないから！」

「分かった」

走り出そうとした俺は「あっ」と声をあげて、急いでロッカー室へ入るとガンロッカーを開いた。

「ったく……鍵を閉めておけよな」

本来ならガンロッカーの鍵を閉めて、俺に持ってこなくてはいけないはずだが、すぐに帰って来られると思っていたのか、鍵はドアに突っ込んだままだった。

だが、今は時間がないから助かる。

俺は桜井の残していったオートマチックをショルダーホルスターごと引っ掴んで、小海さんが待っている出入口へ向かって走った。

俺が外へ出た瞬間に小海さんが引き戸を閉め、鍵穴に鍵を突っ込んで閉める。

「行きましょう」

頷いた俺は小海さんと一緒に走り出す。

二十メートルほど歩道を走ったら、熱海の改札口の駅員さんに鉄道公安隊手帳を見せる。

「すみません。捜査で二名利用します」

優しく笑ってくれた駅員さんは「どうぞ」と右手を出してくれた。

蛍光灯がボンヤリと照らす、線路を潜るようにまっすぐに続く地下通路を一列で走りながら、俺は小海さんに聞く。

「國鉄東海道本線で茅ヶ崎まで行って、國鉄相模線で八王子だよね？」

「國鉄身延線経由じゃないと、もう小淵沢まで今日中には行けないから」

さすが時刻表を全て暗記している小海さんで、俺が銃を取りに行く間に頭の中で既に数パターンの乗り換えを試していたようだった。

「分かった、小海さん」

俺達は2番線と3番線の並ぶホームに続く階段を駆け上がる。

《まもなく3番線より浜松行普通列車が発車いたしま～す。お乗りの方はお急ぎくださ～い。閉まる扉にご注意くださ～い》

駅員によるアナウンスが、ひっそりしている見上げたホームから響いてくる。

階段の上の左側には、湘南色の國鉄211系が停車しているのが見えた。

小海さんは全力で走っているが、やっぱり少し遅い。

俺は引き離すように駆け上がると、3番線に停車中の列車に一足早く辿り着く。

　そこで車体の前に立ち、少し離れた場所に立っていた駅員さんに、白い手袋をはめた両手を胸の前で開いて見せた。

　すると、察してくれた駅員さんは、白いライトを灯している銀の直方体のボディに吊り手のついた合図灯を、下にしたまま待ってくれる。

「急いで、小海さん！」

　グルグル腕を回す前を小海さんがヘロヘロになりながら通り過ぎて車内へ入った。

「ごめんなさい……はぁはぁ……」

「ありがとうございました！」

　俺は駅員さんと車掌さんに、しっかりと頭を下げてから中へ飛び込んだ。

　俺達が車内へ入ったのを確認した駅員さんは、合図灯を高く掲げる。

　プシュと圧縮空気が抜け、ドアがゆっくり閉じられると、ホームに立っていた駅員さんが高く掲げ直して左右に合図灯を振った。

　20時35分、國鉄２１１系は、浜松を目指して走り出す。

　國鉄２１１系は3ドアタイプで、車内にはエンジのモケットが張られたクロスシートが並んでいた。

　熱海からの下り列車なので、一両には十人くらいしかお客様は乗っておらず、クロスシートに一人ずつ座っていることが多かった。

ショルダーホルスターのベルトを調整して、とりあえず俺がオートマチックを携帯する。

夏服で上着がないので、ショルダーホルスターに入った銃のグリップは丸見えだった。

「後ろへ移動しておこうか」

俺は最後尾を指差してから小海さんと歩き出す。

「どうして後ろへ行くの？　はぁ……はぁ」

大きな胸の上に右手をのせて息を整えながら、小海さんは聞いた。

「犯人から電話がかかってくるかもしれないからさ」

前総裁のスマホを俺は見せた。

俺が鉄道公安隊の制服を着ていたことで、車内には妙な緊張感が走る。

「失礼しま〜す」

なるべくにこやかに微笑みながら歩いたが、通路に足を投げ出していたおじさんはスッと引っ込め、音漏れしていた学生はボリュームを絞った。

みんな、どう思っているんだろうなぁ？

少し気になったのは、遅れそうになりながら車内に飛び込んできた鉄道公安隊員が、露出の激しいナイスボディな女子を連れて歩くことになってしまったこと。

どう見ても今の小海さんは、鉄道公安隊員には見えないだろうしなぁ。

ジロジロと投げかけられるお客様からの目線を気にしながら、俺はロングシートに挟まれたツルツルした茶系のリノリウム素材の通路を歩いた。

あまりお客様は乗っていないが、國鉄が編成数をケチることはない。

こんな時刻に浜松方面へ向かう各駅停車でも、しっかり十両編成で走らせている。

俺達はグレーの貫通幌で繋がっている連結部を次々に通り抜け、最後尾車両である10号車まで歩く。

最後尾車両にはお客様が一人しかおらず、その人もシートに座ったまま体を壁にもたれかけていてぐっすり眠っていた。

最後尾車両に入った瞬間に前総裁のスマホが鳴る。

俺は早足で歩きながら、車掌のいる運転台近くまで歩きながらスピーカーモードで取る。

「はい、舞鶴でございます」

《お嬢さんの声は、ちゃんと聞けたよな？》

電話をしてきたのは、再びあの身代金を要求してきた男だった。

もしかして、こいつは別な場所にいるってことか……？

電話の感じから、こいつは桜井の監禁場所には、いないような気がした。

「あっ、はい。ありがとうございました。おかげで明日のご帰還お祝いの用意が、滞りなく進められそうでございます」

犯人はフッと笑う。

《まだ開放もされてねぇうちから、明日の飯の用意を『指示している』ってところが、金持ち共の考えはよく分かんねぇぜ》

俺はそんな返事に少し安心した。

こいつも俺達の会話を横から聞いていたはずだが、あの献立の暗号について特に変とは感じていなかったようだった。

《じゃあ、身代金を渡してもらおうか》

悔しいが、これ以上引き渡しを引き延ばす手立てはない。

それに俺達が清里で桜井を開放出来たのなら、拉致監禁犯の方からこいつまで辿り着くのは、それほど難しくはないはずだ。

そうすれば身代金を奪い返すことも出来るだろう。

俺が見つめると、小海さんは真面目な顔でしっかり頷き返す。

「分かりました。どこの駅でお渡しすればいいですか？」

手渡すなら少なくとも取りに来た受け子は、岩泉が確保出来る。

犯人は「ヘッ」とバカにしたように笑う。

《そんな危ねぇ橋を渡るかよ》

「では、どのようにすれば？」

《今、どの辺にいる？》

俺には岩泉がどの辺にいるかは分からず、一瞬「うっ」と詰まってしまう。

「えっとですね……」

《さっき停まった駅から考えりゃ分かんだろ？》

戸惑った俺を不審に思った犯人が声をあげた瞬間、少し背伸びした小海さんが、俺の肩に両手をチョコンと添えながら耳元に唇を寄せて吐息混じりに囁く。

「……今……川崎を出たところ」

うはぁぁぁぁ〜。

こんな時になんだが、鼓膜が震えるようなボイスに体がブルッと震えて鳥肌が立つ。

顔をブルッと振り、なんとか平常心を取り戻して犯人に言う。

「かっ、川崎を出たところでございました」

《だろ？　だったら、そろそろ多摩川を渡る鉄橋だ》

「そうでございますね」

犯人は声を低くしてドスを効かせる。
《いいか？　チャンスは一回だけだ。俺達が受け取れなかったら『お前らのミス』ってことで取引は中止。用意しているお嬢様の明日の晩餐会はパーだ》
「分かりました。では、受け渡し方法をお願いいたします」
スマホを持っている俺の手に力が入る。
《多摩川の鉄橋を渡ったら対岸の東京都側の河川敷には野球場が広がっている。この時間なら誰もいねぇはずだから、そこへキャリーケースを投げ落とせ！》
「列車の窓からキャリーケースを⁉」
驚いた俺は聞き返した。
《別に問題ねぇだろ。國鉄の車両は古い奴が多いから、窓は開くはずだからよ》
「たっ、確かにそうですが……」
そうか、最後はこういう手段で身代金を受け取る気だったのか。
《どうした？　もう時間はねぇぜ。そして残念ながら現金受け渡しのチャンスは一回きりで、これがラストだ。こっちは取引を止めてもいいんだからな》
アハハと犯人はあざ笑った。
「分かりました。では、多摩川河川敷に投げ落とします」

《おう、じゃあ俺は下で楽しみに待っているぜ》

　そこで犯人からの電話は切れてしまった。

　電話を一緒に聞いていた小海さんは、既に覚悟を決めていた。

「身代金を投げましょう、高山君」

「分かった。このお金は必ず取り返すから」

　俺が真剣な顔で言うと、小海さんは微笑み返す。

「そんなことを気にしていたら、鉄道公安隊に頼んだのと同じになっちゃうでしょ」

「そうだね」

　俺達は頷き合い、小海さんが岩泉に電話したスマホを俺に手渡してくれる。

　すぐに岩泉が電話に出た。

《おう、次はどこに降りるんだ？》

　その時、電話の向こうからガコンガコンと大きな走行音が響いてくる。

　くそっ、もう多摩川の鉄橋を渡り始めたか⁉

　さすが犯人は、こちらが例え警察や鉄道公安隊と連携していても、身代金の受け渡し場所から包囲される前に逃走出来るよう、ギリギリのタイミングで連絡してきていたのだ。

　俺はしっかりとスマホを握り、ハッキリ聞こえるように大きな声で言った。

「岩泉、身代金の入ったキャリーケースを、その橋を渡った進行方向左側河川敷にある野球場へ投げ捨てろ！」

驚きの命令に、岩泉からは戸惑ったような声が返ってくる。

《こいつを向こう岸の野球場に、捨てちまっていいのか⁉ 本当に⁉》

「かまわん！ 川に落とさないように注意しろ」

フッと笑う声が聞こえて、

《了解だ、班長代理。ちょっと待ってくれよ》

と、返事する声が聞こえ、どうもスマホはシートに置いたようだった。

よしっ、これで犯人に身代金が渡ることになる。

俺がそう安心して電話の音に耳を傾けていた時だった。

電話の向こうから、岩泉の気合の入った叫び声が聞こえてくる！

《**チェストォォォォォォォォォォォォォォォォォォォォォォォォォォォォォォォォォォォォォ‼**》

その時、俺の体を嫌な予感が電撃のように貫いた。

「あっ、岩泉！ 窓はちゃんと開けてからだな——」

俺の叫びが岩泉の耳に届くことはなかった。

掛け声に続いて、大きな窓ガラスが割れる音が続く。

ガシャ――――――――――ン‼

心臓が一瞬「うっ」と止まり、息が詰まった。

きっと、両手でハンドルを握った岩泉は、オリンピックのハンマー投げくらいの勢いで、キャリーケースをブン投げたことだろう。

列車の窓は割合脆く、投石でも割れることがある。

それなのに現金二十キロがみっちり入った、小海家御用達の頑丈なアルミキャリーケースを投げつけたのだから、きっと、紙のように簡単に砕け散ってしまっただろう。

なんとなく電話から、風が吹き込んできているピュュュという音が聞こえてくる。

《行った、行った！　ちゃんと野球場のマウンドにキッチリ放り投げてやったぜ！》

鼻から息を抜く岩泉は「一仕事してやったぜ」くらいの勢いで言ってきた。

俺は肺の空気が全て入れ替わる勢いで大きなため息をつく。

「バカか？　お前は？　いや、ぜってぇバカだろ⁉」

《どうしてだ？　班長代理の指示通りにやったぜ》

スマホを両手で摑んだ俺は、声を大にして言う。

「アホか――!!　誰が『ガラス割ってでもいいから投げろ』なんて言った――!?」

《そんなもんは現場判断だな》

岩泉は「仕方なかった」くらいの雰囲気。

「どんな現場判断だっ！　窓くらい開けられただろ――!?」

《そいつはムリだな》

「どうしてだよ？」

俺が理由を聞いたが、岩泉はフフフッと笑うだけだった。

《班長代理、済んじまったことを、いつまでも後悔していても始まらねぇぜ》

「俺は後悔してねぇわ！　お前が反省しろ！」

小海さんが肩をトントンと叩く。

「高山君、キャリーケースの状況を確認しないとっ」

俺は小海さんに言われて少し冷静になる。

「岩泉、野球場へ飛んで行ったキャリーケースが、どうなったか見えたか？」

《すぐに人影が走り寄ってきたぜ》

「人影⁉ どんな奴で、何人だった⁉」

岩泉は「う～ん」と唸ってから話し出す。

《背格好は男っぽくて、身長も普通くらいだった。人数は一人だったと思うがなぁ》

「一人か……」

脅迫してきた犯人が、橋の下で待ち構えていたのだろうか？

推理をしてみるが、まだ、情報が少な過ぎて判断するのは難しかった。

《俺も通過する列車から見ていただけだからな。なんか夏なのに黒っぽい長袖のシャツとズボン姿だったと思うぜ。あぁ～黒いキャップも被っていたな～》

「まぁ、目立たないように……ってことか」

《そういうことだろうな》

その時、岩泉の方の列車の車掌さんによる、車内放送がスマホから聞こえてくる。

《只今～客席の窓ガラスの破損がございました。そのため、ここから品川までは徐行運転とさせて頂き～、こちらの列車は品川にて運転中止とさせて頂きます。後続の列車をご利用くださいませ～。お急ぎのところ申し訳ございません》

《この列車は品川までらしいぜ》

まるで他人事のように岩泉はぼやく。

「だろうなっ！」

《そこから、俺はどうすりゃいいんだ？》

少し考えてから指示を出す。

「岩泉は熱海へ戻っておく……か？」

ボンヤリと言ったのは、東京中央鉄道公安隊室に帰るわけにもいかないし、だからといってこのまま品川で待機していても意味はないはずだ。

今、犯人グループには現金が渡った以上、もう連絡はないだろうからな。

そんなことを考えていたら、岩泉が聞いてきた。

《二人は熱海にいるんだよな？》

「いや、今、俺達は清里へ向かっている」

《清里〜〜〜？　そんなローカル地方に、何しに行くんだ？　こんな時間から〜》

岩泉はあくびでもしそうな勢いでダルそうに聞き返す。

「まだハッキリとは分からないんだが、桜井は清里近くの線路沿いのどこかに監禁されているらしいんだ」

それを聞いた岩泉は、なぜかテンションが爆上りする。

《おぉぉぉ!!　それは乱闘になるんじゃねぇのか――――!?》

その「乱闘」で盛り上がるのを止めろ。

「ならないようにするよっ、極力なっ！」

俺は自分への祈りも込めて語気を強めた。

《いやいやいや～人質をとった犯人グループのアジトに突入となりゃ～、こりゃあ～乱闘間違いなしだぜ。いやいやいや、大乱闘間違いなしだなっ》

ウンウンウンと楽しそうに頷く声が聞こえる。

そこまで考えていなかったが、確かに事態によってはそんな可能性もあった。

そこで、岩泉が嬉々として言う。

《俺も混ぜてくれよ～そのアジト強行突入～～～》

何をおねだりしてんだ？　別に文化祭の出し物でもなければ、打ち上げの焼肉パーティーでもないぞ。

俺はもう一度「はぁ～」と大きなため息をつく。

「分かった、分かった。こっちへ来られたらな」

「本当だなっ⁉」

楽しみにしているところを悪いが、乱闘までに岩泉は間に合わないだろう。

俺達だって終電ギリギリで小淵沢へ向かっているくらいなのだ。

今、品川辺りにいる岩泉が、今日中に鉄道で清里へ行けないのは俺にでも分かる。

「とりあえず……身代金渡し、お疲れさん。いいか？　まず品川でガラスが破損した件について、しっかり事情聴取を受けてこい」

《了解だ、班長代理！》

「それが無事に終わったら！　こっちへ来てもいいぞ」

「よしっ、分かった！」

電話の向こうで右手の親指を立てているのが目に浮かぶ。

俺は左手で額を押さえながら、小海さんにスマホを手渡す。

「大丈夫？　高山君」

「大丈夫……ちょっと頭が痛いだけ」

そんな俺を見ながら、小海さんはフフッと微笑んだ。

04 國鉄小海線　場内進行

浜松行普通列車は21時ちょうどに、富士駅の5番線に到着した。

俺達は最後尾車両から出て、ホーム中央にある階段へと急いだ。

富士は橋上駅になっているので、線路を跨いでいる通路を通ってトイレや売店のあるコンコースに出る。

左側には銀のラッチが並ぶ改札口が見え、改札鋏（かいさつばさみ）をカチカチ鳴らしながら慣れた手つきで、三名の駅員さんが改札作業をしているのが見えた。

俺はコンコースの奥を指差す。

「國鉄身延線は、こっちだ」

次の國鉄身延線の甲府行普通列車は、21時23分だったので余裕はあった。

コンコースの突き当たりにあった階段を下っていくと、左に1番線、右に2番線の並んでいる島式ホームが見えてくる。

1番線には先頭車だけがワインレッドに塗られた國鉄123系で、後部にはこげ茶に塗られた三両の國鉄115系2000番台が連結されている四両編成の電車が停車していた。

國鉄123系の方は荷物電車を改造した電化ローカル線向け近郊形電車で、両端に運転台があるために一両での運用も可能な車両だ。

國鉄115系2000番台の方は、國鉄東海道本線で使用されている國鉄113系と基本的な部品共通化をしているので、外見はそっくりと言っていい。

國鉄113系は平坦路線用に作られたタイプだが、國鉄115系は山間部の急勾配路線にも対応出来るように、高出力なモーターを搭載しているのだ。

「おっ、発注ミス編成だ」

「発注ミス？」

首を傾ける小海さんに、俺は先頭車を指差す。

「本当は國鉄115系2000番も、先頭車の國鉄123系と同じような『赤2号』で塗る予定だったらしいんだけど、身延線の発注担当者が『ぶどう色で』って言ったから、工場では『ぶどう2号』って思って塗ってしまったらしいんだ」

「えっ⁉ 間違えたのに、そのまま納品されたの⁉」

「そこは國鉄だからさ～『こっちは間違えていない』って両部署が言い張り合うもんだから、意地になって走らせているらしいよ」

「セクショナリズムに燃える、國鉄らしいわねぇ～」

階段を下りきった俺と小海さんは「あぁ～ぁ」って感じで、色違いの編成を見つめた。

先頭の國鉄123系ももちろん鋼鉄製なので、錆びないように隅々までワインレッド……國鉄で言うところの「赤2号」で塗装されていた。

「でも、どうして身延線は、こんなに派手な赤色なの？」

ホームを歩きながら、小海さんは車体を見上げる。

「確か～國鉄身延線の始発駅が甲府駅で、甲府特産のワインをイメージして赤ワインの色にしたんじゃなかったかな……」

「だから、ワインレッドなのね」

扉の下の部分には白いラインが引かれ、正面まで続いていた。

俺はその白いラインを触る。

「そして、富士山の雪をイメージした白ライン……塗装じゃなくてビニールテープだけどね」

「本当ね。車体にテープが貼ってあるのね」

小海さんは白いラインに顔を寄せた。

「でも、よくなったよ～國鉄115系2000番台が導入されて」

「國鉄身延線の車両って、今までこういう感じじゃなかったの？」

俺は小海さんを見て微笑む。

「30系とか40系とか……」

俺は後方に続いていた國鉄115系2000番台を指差して続ける。

「あんな感じのこげ茶の旧型國鉄電車の宝庫だったからね」

富士山観光に来るお客様は富士五湖のある東側に行くことが多く、裏側にあたる西側を回り込むように走る國鉄身延線を利用する人は少ない。

そんな影響から國鉄身延線の車両更新は後回しにされがちで、少し前まで「動く國電博物館」などと鉄道ファンに言われていた。

長い間全区間単線だった路線は、富士から焼きそばで有名な富士宮までは、なんとか複線になっている程度だった。

俺達は甲府側となる先頭車である國鉄123系まで、蛍光灯が真っ直ぐに並ぶ屋根の下をゆっくりと歩いた。

貫通扉のない國鉄123系の正面には横に広い三枚窓があって、白いラインの上に小さなヘッドライトが左右にある。

荷物車を改造した車両だから近郊形電車にも関わらず、片開きドアが車体前後の二箇所にしかなく、両方とも閉まっているように見えた。

先頭ドアの前に立った小海さんは、周囲を見つめながら首を傾げる。

「あれ？　どこにもドアの開閉スイッチがない」

フッと笑った俺は小海さんの前に入って、扉の真ん中辺りに手を置く。

そこには引き戸にあるような窪みがついていた。

「國鉄123系って、始発駅ではだいたい手動なんだよ。國鉄115系2000番台もね」

俺は窪みに手を入れて、少し重たい扉をガラガラと左に動かす。

それで半分のドアが開いたので、俺達はピカピカに光るグレーのリノリウム張りの床になっている車内へ入った。

後ろからついてきた小海さんが、ドアをガラガラと手で閉める。

「これピッタリ閉まらないのね」

ドアは少し開いたままで、ホームから射し込む光が縦線となって見えていた。

「大丈夫、大丈夫。発車する時には、ちゃんと締め直してくれるから」

やっぱりこの列車もガラガラだったので、俺達は先頭右側のグレーのモケット張りのロングシートに向かう。

進行方向横向きに小海さんと並んで座り出発を待つ。

夜だったが、車内の温度は高く、少しムワッとしていた。

小海さんが右手をウチワみたいにして、パタパタと自分へ向かって風を送る。

「暑いね」

「そうだね。なんか予算不足で國鉄身延線の車両には、冷房がつけられなかったらしいよ」

そう言いながら小海さんを見た俺は、やり場に困って目をキョロキョロと動かす。

なっ、なんてエロいことに⁉

暑い車内に入ったことで、小海さんの胸間には汗の玉が光っていた。

いつもなら見えないところだけど、今日は桜井の服だからフロントレースアップの隙間から、胸の谷間がチラチラと見えてしまうのだ。

そして、こういうことになっていることは、小海さん本人からはよく見えていないのだ。

小海さんはこういう感じの服を着たこともないだろうしね。

「せっ、扇風機ならあるよ」

俺が壁の白いスイッチを押すと、天井の真ん中に並ぶ國鉄のロゴの入った黄緑の扇風機が、ブゥゥンという大きな音を立てながら、周囲へ向かって風を送り始める。

「なんだか、温かい空気をかき回しているだけみたい」

右の人差し指を上にして、小海さんはクルクルと回して微笑む。

「まぁ、列車が動き出せば、涼しい外気が入ってくるから」

振り返った俺はガラス窓のストッパーを外して、下の窓をガチャンと持ち上げた。すると、下から十センチくらい窓が開く。

すっかり周囲は暗くなっていて、國鉄身延線用のホームを歩く人はいない。

発車時刻の21時23分が近づくと、一旦全てのドアが開かれ、発車ベルの電子音がホームに

あっっ

甲府
ふじ
國鉄身延線
クモハ123系電車
（復刻ぶどう2号色）

鳴り響く。

フルルルルルルルルルルル……。

車掌さんが階段を駆け下りてくるようなお客様がいないことを確認してから、ドアをプシュユと閉めた。

キンキンという車掌さんの合図が、運転台から聞こえた。

グゥゥゥンというモーター音が床下から響き出し、車体はギシギシと音をたてる。

レールとレールの繋ぎ目を渡るたびに、ガタンゴトンという音が響く。

車掌さんはぶっきらぼうな感じで、走行音で消えそうな小さな声でブツブツと言うだけ。

《次……柚木……柚木です》

地元の人は慣れているからいいけど、旅行客なら聞き逃してしまうんじゃないのか？

窓から外を見つめるが、外灯や家、アパートからの光しか見えなかった。

昼間で天気が良ければ富士山がキレイに見える路線だが、夜では何も見えない。

富士を出てしばらくは見えていた町の灯りも、すぐに見えなくなって、甲府行普通列車は國鉄身延線を真っ暗闇の中をひた走った。

暗い沿線を見つめながら、俺は頭の中でこれからのことを考える。

俺達は桜井のセリフから推理したけど、本当に清里にいるのだろうか？

もし間違いだった場合、桜井の救出は出来なくなってしまう。

それに……もし清里で当たっていたとしても、岩泉の言う通りアジトからの救出となれば、桜井を人質として立て籠もる可能性もなくはない。

勢いでここまで来てしまったけど……。やっぱり俺達だけで事件に挑むのは無理があったかな？

そんなことを考えながら黙っていたら、小海さんがポツリと呟く。

「分かっていると思うけど……今日中には清里へ行けないよ」

ボンヤリと考えごとをしていた俺は聞き返す。

「えっ？　何？」

「甲府から小淵沢行の列車に乗り換えられるけど、小淵沢到着は0時38分。國鉄小海線の最終列車は21時34分だから、ぜんぜん間に合わないよっ……て」

「やっぱりそうだよねぇ～」

「國鉄小海線には夜行列車も寝台列車も走っていないし……」

俺は顎先に右手の甲をあてる。

「小淵沢から清里までは十数キロだから、タクシーでも行けると思うよ」

「じゃあ、タクシーね……」

そう言った小海さんは、少し元気がないように見えた。

「どうしたの？ 小海さん」

小海さんは力なく微笑む。

「あおい……心配だなぁと思って」

自分と間違えられて身代わりに桜井が誘拐されたことで、小海さんはかなり気負っていたようだった。

俺は空気を換えようと思ってフッと笑いかける。

「きっと、桜井なら大丈夫だって」

「そっかな？」

「だって……あの桜井だよ」

もちろん俺も心配だったけど、そんなことは見せないように一生懸命に笑ったら、小海さんの顔にも元気が少しだけ戻ってくる。

「そっか、そうだよね！ あおいは強いもんねっ」

「きっと、イライラしながら『早く救出に来なさいよっ』って思っているよ」

「確かに……そう思っていそう～」

そこで目がパチリと合った俺達は微笑み合った。

「俺は反対に別なことが心配だよ」

「別なことって？」

髪を揺らしながら小海さんが聞き返す。

「あの桜井のことだから、きっと『私、人質よっ』とかすごい上から目線で言って、監禁している人達を色々と困らせているんじゃないかなぁ～」

少し上を見上げた小海さんは「あぁ～」と声をあげる。

「あり得るね～それ」

「だろう～。きっと、拉致して後悔していると思うよ～犯人グループの連中は」

「美味しい夕飯を買う前だったしね。冷凍ピザなんて出したら、拉致している人の顔に向かって全力で投げ返してそう～」

二人で桜井がメジャーリーグの投手ばりのフォームで、熱々のピザを犯人の顔を目がけて全力で投げつけている姿を想像したら、思わず声をあげてアハハと笑い合ってしまった。

「じゃあ、早く救出してあげた方がいいよね」

「犯人グループのためにもね」

國鉄身延線も昼間なら「急行富士川」「急行みのぶ」が走っているので、富士から甲府まで二時間ほどで移動出来るが、この時間には各駅停車しか走っていない。

合計三十八駅に停車することになるので、俺達が甲府に着いたのは23時56分だった。

立ち食いそば屋も駅弁屋も閉まっている甲府駅の5番線に到着した俺達は、ホームを真っ直ぐに歩いて先にある1番線へ向かう。

甲府駅は1番線のプラットホーム先端が階段状になっていて、そこに國鉄身延線用の5、6番線があるのだ。

すでに1番線には小淵沢行普通列車が到着していて、連絡のために待ってくれていた。

「あれが小淵沢方面の最終列車よ」

俺は小海さんと一緒にホームを小走りに駆けた。

使用列車は身延線と同じ國鉄115系だが、こちらは0番台。

車体は下半分が白っぽいライトグレーで、窓回りは水色に塗られている長野色だった。

國鉄身延線からこの列車に乗り換えたのは俺達二人だけ。

車掌さんは俺達が乗り込むのを確認してからドアをゆっくり閉める。

23時59分、小淵沢行普通列車が甲府駅をゆっくりと出発していく。

ちなみにこの列車が最終になるが、國鉄中央本線が眠ってしまうわけではない。

新宿からは白馬の足元にある南小谷へ向かう「急行アルプス」が、深夜に二、三本走る。

急行アルプスは、元々早朝から山を登る登山客用の列車だった。

一時は登山客が減少して「空気を運んでいる」と言われていたが、最近若い女子が登山を行う「山ガール」の流行りで、再び多くの人が利用していると聞いた。

最近まで急行型車両の國鉄165系で運用していたが、ブームに便乗する形で、各地で余剰車両になりつつあった特急型車両、國鉄183系を使用しているとのことだった。

清里が近づいてきたことで、俺達の間にも緊張感が漂い会話が続かなくなる。

「二人がいないから、少し不安だね……」

小海さんは力なく笑う。

「こういう仕事が大好きな連中がいないなんてね」

俺もあいそ笑いした。

警四では桜井と岩泉が武闘派だ。

この二人は……東に乱闘あれば喜々として駆けつけ、西で騒動あれば頼まれもしていないのに首をわざわざ突っ込みに行く。

そして俺と小海さんは穏健派だ。

小海さんは同期の格闘大会では一回戦負けしたし、俺は男子の中で平均といったところで、男子一位の岩泉や女子一位の桜井には到底及ばない。

「なんで、こういう時にいねぇんだよ？」

「そうよねぇ。喜んで代わってあげるのにねぇ」

なぜか乱闘が好きではない二人で、犯人のアジトに乗り込むことになっていた。

俺は前向きに考えて言う。

「まぁ、鉄道公安隊の制服の奴が玄関までやって来たら、もしかしたら抵抗せずに素直に手を挙げてくれるかもしれないしさ」

「そうなってくれるといいよね」

「誘拐犯はそんなに抵抗しないと思うんだけどね……」

俺がそんな予測をしたら、小海さんは俺の横顔を見ながら聞く。

「どうしてそう思うの？」

「殺人犯とか、テロリストと違って、誘拐犯は『見つかった』時点で、もう逃走が難しくなるから、普通は抵抗することなく逮捕されることが多いんだ」

「そっか～元々お金が目的なんだもんね～。そこで抵抗しても意味がないからかな～」

お金に困る犯人の気持ちが今一つ理解出来ないらしい小海さんは、ボンヤリと呟いた。

俺はショルダーホルスターの銃を小海さんに見せる。

「一応、これもあるからね、威嚇で空に撃てば驚いて手をあげるんじゃない？」

「普通の人はそのはずよね」

なるべく乱闘になりたくない俺達としては、そう願いたかった。

真っ暗な國鉄中央本線を北上した普通列車は、小淵沢に0時38分に滑り込む。

《小淵沢……小淵沢……終点でございます》

そんな車掌さんの声に追い立てられるように、俺達は國鉄115系から1番線に出る。

駆け足で車掌さんが車内に人が残っていないかをチェックして、誰もいないことが分かったらドアを閉め、すぐに車両基地へ向けて出発させた。

小淵沢は二つの島式ホームのある駅で、四つの乗り場が並んでいる。

駅長室に近い1番線は國鉄中央本線下りの松本方面で、2番線は上りの新宿方面。

3番線と4番線は清里、野辺山を経由して小諸へ向かう國鉄小海線用だから、こちらのホームに比べて半分くらいの大きさだった。

昼間ならホームにある地元の駅弁屋さんの売店が開いているのだが、こんな時間なので丸い外灯が何本か輝いているだけでひっそりしていた。

ホーム中央にあった地下道を目指して歩いていた俺は、そんな國鉄小海線の4番線から響いてくる音が気になった。

「おっ!?　なんだ？」

21時台に小諸行最終列車が出たはずなのに、なぜかホームからは静かなディーゼル音が響いていた。

ただ、外灯の明かりが暗かったので、そこに停車している車両が何かは分からない。

冷えてしまうと始動出来なくなる可能性もある冬の寒冷地なら、一晩中気動車のエンジンを掛けっ放しということも考えられたが、今は気温の高い夏の夜。

だから、少し不思議に思ったのだ。

もしかして……新型車両の試運転か⁉

「どうかした？　高山君」

今はそんなことを気にしている場合じゃない。

小海さんに聞かれた俺は、首を左右にブルブルと振る。

「いや、なんでもないよ」

二人で地下道を通り抜けて、唯一の改札口へ出た。

かなり年季の入った小淵沢の木造駅舎は、ベージュの吹き付け壁の小さな平屋建てで、屋根には色褪せた赤いスレート板が載せられていた。

ホームとの間にはガラスの引き戸があって、その向こうには有人切符販売窓口、木製ベンチの並ぶ待合室が一緒になった、狭いコンコースが広がっていた。

こんな時間だから閉店していたが、ちゃんと「そば」と白字で書かれた紺のノレンの吊られた、小さな立ち食いそばカウンターがあるところが、さすが長野の駅。

駅の出口にはピカピカに磨かれた銀のラッチが一つだけある。

その側には頭に被っていた赤帯の入っている制帽から、グレーの髪が溢れている中年の駅長さんが笑顔で待っていた。

笑うと顔中がシワになってしまい、駅長さんのつぶらな瞳は消えてしまう。

「おや？　珍しいね。小淵沢駅に鉄道公安隊員さんが来るなんて」

俺は小海さんと一緒にパシンと敬礼する。

「只今、誘拐事件の捜査で利用させて頂いています」

鉄道公安隊手帳を開きながら、俺は大きな声で続ける。

「東京中央鉄道公安室・第４警戒班、高山直人です」

「同じく、小海はるかです！」

そう言った後で、小海さんは顔を赤くしてから続ける。

「こっ、こんな格好で……すっ、すみません……」

右手をゆっくり挙げて落ち着いた答礼を見せてくれた駅長は、

「アッハハハ……君達は格好を気にする仕事じゃないだろう」

と、優しい笑顔で、小海さんの目を見つめた。

「その目を見れば分かるさ。君たちが正義の味方だってことはね」

嬉しくなった俺と小海さんは、一緒に微笑み返す。

『ありがとうございます！』

駅長さんは俺達の体を上から下まで見てから聞く。

「それで？　こんな遅い時間に、どういった事件なんですか？」

「すみません。事件の詳細については言えないのですが～。清里付近に犯人が潜伏している可能性がありまして……」

「清里……ですか」

「それで～今から向かいたいのですが、タクシーを呼べますか？」

少し困った顔をした駅長さんは、あいそ笑いを浮かべる。

「いやぁ～小淵沢駅前のタクシー会社さんは、0時で営業終了なんですよ」

『**えっ――――!?**』

ローカル事情に俺達は驚く。

「きっと、東京なら深夜でもタクシーが、捕まえられるんでしょうけどねぇ」

「じゃあ、最終列車に乗ったお客様は、タクシーに乗られないんですか？」

小海さんが驚きながら聞くと、駅員さんはあいそ笑いをする。

「地元の人しか利用しないので、そういう場合は、予め予約を入れておくもんなんですよ。こういう地方のタクシーっていうのは……」

「そうなんですね……。どうしよう？　高山君」

小海さんが見るが、俺も困ってしまう。

「タクシーが利用出来ないとは思わなかったな……」

鉄道公安隊に連絡すれば、どこかの鉄道公安室にある車が利用出来ると思うけど……。

この事件については上の許可も取っていないし、ここは首都圏鉄道公安隊の管轄でもないから、そういうことをすれば多くの人に迷惑がかかってしまう。

それに最寄りの鉄道公安室は、確か松本だったはずだ。

俺はスマホを取り出してサラリと検索する。

「清里駅まで道沿いで約十六キロ……歩きで約三時間半か〜」

小淵沢から清里までは、中々の距離感だった。

「清里までの道は、かなりの長い登り坂ですよ。標高が高いですからね」

「そうですよね……」

清里のすぐ横の駅が國鉄で最も標高の高い場所にある駅、野辺山なのだ。

野辺山は標高約千三百四十五メートル、清里は約千二百七十五メートルで、國鉄中第二位の高さを誇っているのだ。

だから、そこへ続く道が、キツイ登り坂なことは想像がついた。

俺は改札口横に貼ってあった國鉄小海線の時刻表をチラリと見る。

「始発は6時12分……か」

今夜中に片付けておきたかった俺としては、始発を待つことはしたくなかった。

小海さんは両手に力を入れて気合を入れる。

「行こうよ、高山君！」

その瞳はギラリと輝いていた。

「……小海さん」

「三時間半かかるかもしれないけど、歩いていればいつかは着くんだから！」

桜井が拉致されたことに責任を感じているのか、小海さんの顔は真剣だった。

そして、小海さんの言っていることに間違いはない。

どんなに目標が遠くても一歩一歩歩いていれば、いつかは手が届くのだ。

そして、それは俺のような才能のない人間が、桜井達のような天才的な連中の後を追いかけることの出来る唯一の方法なのだ。

俺はグッと制帽を被り直す。

「行こう、小海さん！」

小海さんは「うん」としっかり頷いた。

「では、俺達はこれで――」

別れの挨拶をしようと二人で同時に見たら、駅長さんは少し考えごとをしていて、腕組みをしながら呟いた。

「もしかしたら……なんだけど」

「なんですか？」

聞き返す俺に、駅長さんはホームの方を指差す。

「このところ毎日、國鉄小海線で試験車両の試運転をしているんですが」

「試験車両の試運転ですか⁉」

思わず状況も忘れて、俺のテンションが爆上がってしまう。

「なんでも……『非電化区間用の新型車両開発』だとかなんとか……」

「あぁ～４番線に停車していた車両ですね！」

前のめりに駅長さんに迫った俺は、目をキラキラと輝かせる。

「ちょっと、高山君っ」

呆れた小海さんが手を伸ばして、俺のシャツを後ろから引っ張った。

「いつも一往復は走らせるから、もしかしたら乗せてくれるかもしれませんよ。まぁ、私が『乗せてあげますよ』って言える立場でもないのですが……」

俺は駅長さんの手をパンと両手で摑む。

「ありがとうございます。ダメもとでいいので自分達で頼んでみます！」

「そっ、そうですか。では、どうぞ」

俺の勢いに気圧された駅長さんは、後ろへ引きつつ駅構内を指差した。

手を離した俺は、小海さんと改札口から駅構内へ戻る。

改札口を通り抜けながら、小海さんも「ありがとうございます」と頭を下げた。

さっき通った地下道を抜けて、階段で1、2番線ホームに上がり、すぐ近くにあった跨線橋を渡って國鉄小海線ホームへ向かった。

4番線には、確かにあまり見たことのない車両が一両停車していた。

跨線橋の階段を下りていくと、白い車体からディーゼルエンジン音が聞こえてくる。

だが、國鉄キハ40系などに比べれば、停車中とは思えないくらい静かだった。

車体の側面にはあまりガラス窓はなく、ロゴ化された「ＩＴＴ」という文字が赤で大きく描かれていた。

俺も鉄道雑誌や鉄道情報サイトはチェックしているが、こんな車両は見たことがない。

「なんだ？　この車両は」

後ろからやってきた小海さんは、車体中央の車体番号を読む。

「國鉄キヤ991形？」

「頭が『キ』だしエンジン音もしているから気動車で、次が『ヤ』ってことは事業用の職用車ってことで、九百番台だから試験車とか試作車ってことだね」

「新しい気動車の試験なのかしら？」

「たぶんねぇ」

俺達は窓から車内を覗くようにしながら運転台まで歩いていく。

すると、運転台のドアがバタンと開いて、中から紺の作業服を着て、黄色のヘルメットを被った若い男の人が出てくる。

ヘルメットには赤い線が二本引かれ、額のところには「工」のマークがあった。

「鉄道公安隊？」

若い作業員の人は、こんなところで見たので少し驚いているようだった。

俺は鉄道公安隊手帳を見せながら微笑む。

「すみません。お仕事中に……」

「なんだ。鉄道ファンがこいつを撮りたさに、ホームに不法侵入してきたのかと思ったぜ」

作業員さんは國鉄キヤ991形をバンと叩いた。

「俺は東京中央鉄道公安室・第四警戒班の班長代理をしています、高山直人と言います」

「ふ～ん。中央って……確か東京駅にある鉄道公安隊だよな？」

思い出すように作業員さんは呟いた。

俺はすぐに腰から上半身を折った。

「すみません。乗せて頂けませんか？」

「なっ、なんだ。藪から棒にっ⁉」

驚いた作業員さんは、飛び去るように一歩後ろへ下がった。

「現在も進行中の事件ですので、詳細を説明することは出来ないのですが、どうしても、早く清里へ行かなくてはならないんです。そこで、便乗させて頂きたいと……」

「便乗～～～⁉　こいつにか⁉」

目を大きくして作業員さんが白い車体を見上げたので、俺も頭を上げる。

「はい、この國鉄キヤ991形にです！」

「試験車の試運転に便乗ねぇ」

少し困った顔をする。

「そして、大変申し訳ないのですが、清里の近くで降ろして頂ければと……」

「弱ったなぁ」

作業員さんが後頭部を右手でかいていると、運転台のドアから銀縁眼鏡をかけた三十歳くらいの細身の男の人が顔をだす。

「どうしたんです？　そろそろ試験開始ですよ」

作業員さんは、銀縁眼鏡の人にちょこんと頭を下げる。

「すみません阪和主任。いや～この鉄道公安隊員さん達が、便乗させてくれって……」

作業員さんは銀縁眼鏡の人に伝えてくれた。

「試験車両に便乗ですか？」

「やっぱ、まずいですよね？」

阪和主任に見られた俺と小海さんは、一緒にしっかりと頭を下げる。

『どうかよろしくお願いします！』

眼鏡の奥底に光る鋭い目で、阪和主任は俺達をじっと見つめていた。

やがて、阪和主任が静かに呟く。

「きっと、こちらにも説明が出来ない事態が、起きているってことですよね？」

事件内容が言えないまでにしても、俺は一生懸命に状況を伝えようとした。

「……仲間の命が、かかっています」

俺の言っていることが真実なのかどうかを探るように、しばらく俺の目を見つめていたが、阪和主任は眼鏡のフレームサイドに右手を添える。

「分かりました。便乗を許可します」

そう静かに呟いてくれた。

『ありがとうございます』

俺と小海さんは笑顔でお礼を言ってからドアへ向かって駆けた。

ドアのところに立っていた阪和主任は、冷静に俺達に話し出す。

「そちらの仕事も大事なことは理解していますが、我々、鉄道技術研究所の仕事も命がけでやっています」

その気持ちはよく分かった。國鉄の仕事に大きいも小さいもない。

俺は運転手になりたくて就職しようとしているが、鉄道公安隊員として働いたことで、國鉄を支える多くの人に出会い、全職員が自分の職務に全力で取り組んでいると感じた。

運転手が偉い、鉄道公安隊の仕事は優先される、なんてことはないのだ。

俺と小海さんは真剣な顔で『はい』と頷いた。

「ですから、車内の器材には一切触れないこと。それから、こちらの試験予定内容は変更出来ないことを、予め了承しておいてください」

「分かりました」

「では、どうぞ」

阪和主任が中へ入ったので、俺と小海さんが後ろから続いた。

「よかったな」

ドアを閉めて中へ入った作業員さんは、パンと俺の肩を叩いてから運転台へ入っていく。

俺達は客室となる車内へ歩いたが、そこには試験用の機材が左右の壁沿いに設置されていて、作業服を着た人達が五、六人椅子に座って作業をしていた。

壁に貼られた大きなデジタル時計を見ながら、阪和主任が運転台へ向かって指示を出す。

「では、試運転開始！」

すぐに運転台から声が響く。

「試験車両、出発進行！」

フゥンという汽笛が鳴り、國鉄キヤ991形は小淵沢を発車した。

そこで、俺は思わず驚いてしまう。

「モーター音⁉」

なぜか床からディーゼルエンジンの音ではなく、ウゥゥゥンというモーター音が響きだしたのだ。

驚いた俺を見ながら、阪和主任がニヤリと微笑み、

「Ｉｎｎｏｖａｔｉｖｅ　Ｔｅｃｈｎｏｌｏｇｙ　Ｔｒａｉｎ」

と、キレイなネイティブ英語で言い放つ。

もちろん、俺にはどんな意味だかサッパリ分からない。

「革命的技術の列車……」

訳がすぐに分かった小海さんが呟く。

「そういうことです。この車両はモーターとディーゼル機関と蓄電池を搭載している、いわゆるハイブリッド車両で、気動車の性能向上を目的として新たな駆動システムの開発を目的に試験しているんです」

俺はそんな車両を、國鉄が試験しているなんて知らなかった。

「へぇ～ハイブリッド車両ですか。じゃあ、ディーゼルエンジンで発電した電気で、モーターを回して進むって感じですか？」

「そういうことも出来ますが、この試験車ではディーゼルだけでも、ディーゼルとモーターの併用でも、モーターだけでも走れるように設計してあります」

「すごいですね！」

俺は素直にそう思った。

今までの鉄道といえば、電化するか非電化かの二者択一しかなかったからだ。

もちろん、電化して電車を走らせた方が所要時間の短縮を始め、なにかと便利になるが、電化するためには架線と架線柱を設置しなくてはいけないし、電気を架線に送り込む送電線や変電所といった、大規模な電気関係の設備も必要になる。

それには膨大な設置投資が必要になり、日々の運用メンテコストも跳ね上がる。

だから、現在非電化の路線を簡単には電化することが出来ないのだ。

だが、こうした車両が開発されれば、もしかしたら架線のない非電化区間でも電車を走らせることが出来るようになり、所要時間の短縮が出来るかもしれない。

それはローカル線の多い地域には朗報だ。

「この車両はローカル線の新たな主役になるんじゃないですか⁉」

「そうなってくれるように……作っているんですがね」

阪和主任は少し嬉しそうだった。

小淵沢を出た試験車両はキィィンと車輪をレールに接触させながら、右へ右へ大きくカーブしていく。

ここも昼間なら八ヶ岳が大きく見える場所だが、そこには闇が広がっているだけだった。

國鉄小海線沿線は、両側に深い森が迫っていて民家も少ないので真っ暗。

これは試験車両だからなのか、駅にはまったく停車しないようだった。

次第に登り勾配区間に入り、モーターだけではなくディーゼルエンジンの音もするようになってきた。

國鉄小海線はこうした高低差もあり、カーブも多いことから試験路線として適しているのだろう。

ここで問題ないようなら、各地のローカル線で使用出来るだろうから。

俺と小海さんは運転台近くのデッキに立って、作業員さんの邪魔にならないようにした。

「助かったね。これで清里まで今晩中に行ける」

俺は少しホッとしていた。

「これで朝までに、あおいを救出してあげられるね」

「そうだね」

俺が微笑むと、小海さんは少し心配そうな顔をする。

「でも……清里では、どうやって探すの？」

「それはねぇ～。線路沿いを歩いていくしかないんだよねぇ」

それについては、あまりいい考えを持っていなかった。

少し考えた小海さんは、思い出すように呟く。

「だったら……野辺山方面じゃなくて、甲斐大泉方面に別荘は多いから、戻るように線路沿いを歩いた方がいいと思うけど」

「あれ？　清里にも詳しいの？　小海さん」

小海さんはニコリと笑う。

「えぇ、叔母様の別荘があったから、小さい頃にはよく行っていたの」

きっと、日本中の主なリゾート地には、小海家の別荘が一軒はあるのだろう。

「さっ、さすが……小海さん家だね」

アハハと笑った小海さんは、右手を立てて左右に振る。

「こんなの大したことないって～。ベルニナなんて世界の主要リゾート地には、だいたい宮殿みたいな別荘を持っているんだから～」

もうどこまでが凄いのか、凄くないのかよく分からなくなってきた。

清里の一つ手前の駅である甲斐大泉を通過してから、俺は窓の外を見た。

「そろそろのはずだけどなぁ」

暗い沿線の続く國鉄小海線は、現在位置がよく分からない。

小海さんはスマホで地図アプリを立ち上げる。

「うわぁ～久しぶりに見たね、圏外って表示」

三十分ほどすると、阪和主任が俺達のところへやってくる。

「そろそろ清里です。君達はここで下車したいのですよね？」

「そうです」

小海さんが答えたら、阪和主任が冷静に話し出す。

「大変申し訳ありませんが、本日の試験予定には『清里停車』はありません」

「それって……？」

阪和主任がコクリと頷く。

「そこで、お二人にはホームに飛び降りて頂きます」

思わず『**えっ!?**』と二人で大声をあげてしまった。

「すみませんが、そこは乗車時にご了承頂いたと思っています」

俺は気を取り直して阪和主任を見つめる。

「確かにそうですね。分かりました」

「では、そろそろ準備の方をお願いします」

　阪和主任は後ろの運転台を指差して続ける。

「客車側のドアを開くとセンサーが反応して急停車してしまうので、後部の運転台ドアからお願いします」

　俺と小海さんは敬礼で応える。

『了解しました！』

　前のデッキから約二十メートルある機械だらけの車内を、俺と小海さんは一列に並んで通り抜け、後方の運転台側まで歩いていく。

　俺は特に問題なかったが、小海さんが歩くいていくと作業員さん達の手がピタリと止まり、みんなクルリクルリと振り返った。

　そりゃそうだろうな。こんな試験車両では絶対に似つかわしくない格好だもんなぁ。

　後部運転台のドア前に着いたら、阪和主任がカチャリと開いてくれる。

　すぐにヒュユュと風を切る音がして、夜になって冷え込んできた信州の冷たい空気が車内へ入り込んできた。

「俺が先に行くよ。ホームで俺が受け止めるから、安心して飛んで」

「分かった、高山君」

俺が前に立ち、その後ろにピタリと小海さんが立つ。

その時、チラリと小海さんを見た阪和主任が、外を見つめたままボソリと聞く。

「小海さん……でしたっけ？　その格好は、何かのオトリ捜査を行うためのものなんでしょうか？」

とても真面目そうな阪和主任だが、やはり最初から気になっていたらしい。

小海さんはポッと顔を赤くする。

「いえ……これはオトリ捜査ではなく……その……仕方なくと申しますか……その……」

小海さんが恥ずかしそうに言ったことで阪和主任は察する。

「あっ、興味本位で聞いてしまって大変失礼いたしました。いえ、それもきっと捜査に関わる秘密事項ですね」

「そっ……そうです」

小海さんはうつむきながら、最後の方は聞こえないような小さな声になった。

《まもなく清里です》

運転をしている若い作業員さんが、俺達に気遣って車内放送を入れてくれた。

窓から少し顔を出すと、蛍光灯の並ぶ清里のホームが見えてくる。

清里は駅構内だけ複線になった線路を挟むようにホームが並ぶ相対式で、真っ白に塗られた駅舎が向かって左側に見えていた。

清里は有人駅なので、通過電車を見送る駅長さんらしき人影も見えた。

そこで、一度だけ振り返り阪和主任にお礼を言う。

「本当に助かりました！」

「お互いに頑張りましょう」

阪和主任は微笑んで見送ってくれる。

ホームが見え始めたら、運転手さんは気をつかって速度を少し落としてくれた。

こんなもんなら大丈夫だ。

残念ながら……俺はもっと凄い速度の列車から飛び降りるハメになったこともあるので、このくらいなら驚かなくなっていた。

「じゃあ、行きま——す‼」

意を決した俺は、右足から車外へジャンプする。

フワッと体が宙を舞いホームが足の下を流れ出し、後ろを列車が駆け抜けていく。

動いている列車から飛び出すと、前への慣性力が働くので単に横へ移動するのでなく、少し左斜め前へむかって飛び出していくことになる。

何度やってもこの変な感覚は、気持ちいいものじゃないけど。

だが、今回はうまく着地出来た！

パチンと大きな足音をさせながら、俺はブロックが並ぶ2番線に降り立った。

こういうことにも慣れってあるんだな。

そう思った俺は小海さんに指示を出そうと、クルリと振り向いた。

「小海さん――」

だが、俺に言えたのはそこまでだった。

なんと、小海さんは間髪入れずに、俺の後ろから飛び出して来ていた。

「ゴメ～～ン高山君～～～‼」

もちろん、人が空中でどんなに体を動かしても、飛んで行く方向は変化させられない。

胸の前でコンパクトに両腕を畳んだ状態で、小海さんが俺へ向かって飛んでくる。

「大丈夫！　受け止めるから！」

俺は瞬時に両手を広げて足を踏ん張った。

だが、ホームに片足を着地させた小海さんは「あっ」と言ってから前へつんのめる。

元々運動が不得意だから、バランスを崩して前へ倒れ込んだ。

そして、俺はそこに立って待ち構えていた。

しっかり着地してくれたのなら支えられたけど、ラグビーのタックル崩れのような姿勢で俺の胸に飛び込んできたから、さすがに俺にも持ち堪えられない。

「うわっ！」

「きゃっ！」

俺達は同時に叫び声をあげながら、二人で絡み合ったままホームへ倒れ込む。

危ないっ！

そう思った俺は両手を閉じて小海さんを抱きしめる。

フワッと倒れそうなフレグランスの香りが周囲に広がり、まるで抱き枕のようにとても柔らかい感触が両腕の間から感じられた。

俺は背中からホームに倒れ、小海さんは俺の体の上にうつむきにのしかかってきた。

更に顔にはレースアップに包まれている胸が、ググッと押しつけられる。

「ふぐっ⁉」

鼻と口を爆乳によって一時的に塞がれた俺は、そういう声を出すので精一杯だった。

あぁ～きっとこういうことを幸せって言うんだなぁ～。

こんな時に申し訳ないが……意識を失いそうになる。

だが、天国の時間は秒で過ぎ去る。

抱き受けたことで小海さんは大丈夫だったが、俺はホームに敷き詰められていたコンクリートブロックに思いきり後頭部を打ちつける。

胸の谷間から顔をガッと横へズラした俺は大声で叫ぶ。

「**痛って――――‼**」

「ごっ、ごめんね。高山君」

小海さんは素早く上半身を起こして、横へ転がるようにして避けた。

俺は後頭部を両手で押さえながら、ゆっくりと上半身を起こす。

「イタタタタ……」

その時、清里駅を離れていく國鉄キヤ９９１形の最後部が見えた。

フォォォン！

俺達を応援するように作業員さんは気笛を鳴らしてくれ、後ろの運転台のドアのところに立っていた阪和主任は、微笑みながら軽く敬礼を送ってくれた。

俺と小海さんも、なんとか答礼をして感謝を伝える。

すぐに國鉄キヤ９９１形は野辺山へ続く登り勾配へと消えていき、星のように輝く二つの赤いテールランプもすぐに見えなくなった。

俺達はそれぞれで立ち上がって、服についた汚れをパンパンとはらう。

そこへ少し呆れた顔で、赤線の入った帽子を被った中年の清里駅長がやってくる。

「どうしたんですか？　鉄道公安隊さんが、こんな時間に。それも、試運転の列車から飛び降りてくるだなんて……」

「すみません……色々とありまして……」

俺は小海さんと一緒に鉄道公安隊手帳を見せながら、あいそ笑いをしてみせた。

「色々ねぇ～」

俺達の格好を上から下まで見ながら、清里駅長は呆れた顔でため息をつく。

「駅にはご迷惑をかけません。すぐに出て行きますので……」

突然深夜にやってきた招かれざる客に、清里駅長は迷惑そうな顔をした。

「そうしてもらえると助かります」

「これは捜査中の案件ですので、このことは内密にして頂けますか？」

「分かりました」

駅長さんはそのまま駅員室へ戻っていったので、俺と小海さんはラッチの横を通り、プラスチックベンチの並んでいた待合室を抜けて大きな木の扉を押して外へ出た。

もちろん、駅前には人っ子一人おらず、周囲からは虫の音が響いていた。

駅前にはL字型に二車線道路が走っていて、両側にはたくさんの土産物屋や食べ物屋の建物が並んでおり、その向こうにはホテルや別荘らしき屋根が並んでいた。

小海さんが線路に沿って右へ続く道を指差す。

「別荘があるのは、あっちの方よ」

俺は制帽を被り直す。

「よしっ、桜井を助けに行くか」

小海さんは力強く「うん」と頷く。

俺達は白く輝く外灯が並ぶだけの、ゴーストタウンのような清里の道を歩き出した。

０５　囚われの桜井　非常警戒

「あの暗号でちゃんと理解出来たわよね？　高山」

私は窓から見えていた、上半分になっている月を見ながら呟いた。

熱海で拉致された私は、どうも清里付近で監禁されているようだった。


頭を殴られてしまった私は、拉致されてしばらくは目を覚ますこともなかった。

私が意識を取り戻した時には、既に頭には黒い袋が被せられていたので外の景色を見ることは出来なかった。

だが、信号に停まることなく走っていたので、私の乗った車はどこかの高速道路を長時間走り続けていたことだけは分かった。

少し身をよじってみたが両手は背中に回されていて、太いプラスチック製の結束バンドのような物で縛られているようで身動きがとれない。

ここでジタバタしても意味はないか……。

すぐには抜け出せないと思った私は、気絶しているフリを続けることにした。

そうしていた方が、拉致した連中が油断すると思ったからだ。

ったく……なんの目的で私を拉致したのよ？

私の最後の記憶が正しければ、たぶん拉致した車は白いバンのはずで、どうも私は後部座席に寝転がされ、上から毛布のような物がかけられているみたいだ。

助手席と思われる方角からは、男の声が聞こえてくる。

「まだ目を覚まさないけど、大丈夫かな？　兄さん」

一人は弱気というか、優しい感じの声。

すぐに運転席の方から別な男の声がする。

「血は出ていなかったろ？　死んだわけじゃないんだから、気にすんなよ、ヒロシ」

運転をしている「兄さん」と呼ばれた方は、少しチャラい感じのしゃべり方をした。

助手席の男は「ヒロシ」という名前で、運転席の男の弟と思われた。

「でも〜まだ目が覚めないみたいだよ。ピクリともしないし……」

ヒロシと呼ばれた弟のほうが、私のことを気にしていた。

私も体を微動だにしないように、力を抜いてダラリとさせておく。

「こうして寝ていてくれた方が、いいじゃねぇか？」

「そうなの？」

「別荘についてから目を覚ましてくれた方がいいだろっ」

兄はフッと笑った。

犯人グループは二人組か……目的は何？　性犯罪目的じゃなさそうだし……。

そう思ったのは二つの点からだった。

一つは拉致した時刻が、目撃者も多い夕方だったこと。

レイプなどを行う性犯罪者の犯行時刻は基本的に深夜で、犯行後も逃亡して普段通りの生活を続けようとする者が多いのだ。

もう一つは、こうして数時間も車を走らせていること。

レイプ目的であれば、土地勘がある近くの人気のない場所へ行くだろう。

だから、こうして長時間走らせ続けているということは、この犯人らは私の拉致監禁を目的にしていると思った。

もしくは……どこかで殺されて山に埋める気かしらね？

それならば強引な拉致方法も、長時間車を走らせているのも辻褄が合う。

だが、声には聞き覚えがなく、こんな連中から「殺してやる」と恨みをもたれるような覚えはなかった。

一応、痴漢や盗撮で逮捕した連中の名前を頭に思い浮かべたが、ヒロシという名前も兄弟だった者も思い当たることはなかったのだ。

その時、ヒロシが変なことを言いだす。

「この子はお嬢様なんだから、きっと体が弱いんだよ」

お嬢様？ 誰が？

私は心の中で首を傾げた。

このバンにもう一人女子が乗っていなければ……。どうもヒロシは私のことを「お嬢様」と呼んでいるようだった。

「でも、そんなに強くは殴っていないぜ」

「兄さん、本当に？ 俺、殺人とか嫌だよ」

兄はアハハと笑い飛ばす。

「そんなもん俺だって願い下げさ。今回の仕事は『成功すりゃ～二千万円やる』って言われて頼まれた仕事なんだ。そんなはした金で殺しまでやってられねぇって」

「早く目を覚ますといいなぁ」

こっちを見たらしいヒロシの心配そうな声がハッキリと聞こえた。

ハッと自分の服装を思い出した私は、そこで一つの推理に辿り着く。

もしかしてこいつら……私をはるかと間違えている⁉

どうもここまでの動きが変だと思ったが、それならこいつらの狙いがハッキリする。

どこでお金持ちのお嬢様だと知ったのか分からないけど、こいつらははるかを誘拐して身代金でも巻き上げようとしているのに違いない！

そういうことか……だったら、はるかのフリをしておかないと……。

もし私がはるかじゃないと分かったら、こいつらは証拠を隠滅するために始末しようとするかもしれない。

犯人らの狙いが分かった私は、お嬢様のフリをすることにした。

「あれが八ヶ岳だ」

私が気絶していると信じていた兄は、間抜けにもそんなことを口走った。

「あの山の麓にあるんだっけ？ 伊奈さんの用意した別荘って……」

「そうだ。次の須玉でおりて、そこから国道を走って……なんとかって路線の線路沿いとかなんとか言ってたなぁ」

八ヶ岳ということは……長野県の南ね。

しばらくすると、ＥＴＣを通過するピンという音がして、右折してからしばらくは登り坂を走っていった。

須玉で降りて右折すれば、野辺山、小海、佐久、小諸方面へ向かっているはず。

そして、関越自動車道ではなく、中央高速道路で来たということは、監禁する別荘のある場所は八ヶ岳の北側などではないはず。

そう考えれば……清里周辺？

私の肌感覚にはなるが、須玉インターチェンジから監禁場所までのだいたいの所要時間を測ることにした。

そして、須玉インターチェンジから約三十分で、車は監禁場所に到着したのだ。

別荘に到着してからも、私はしばらく気絶したフリを続けた。

その為、二人の男は私を担いで運び、四畳半ほどの部屋に監禁した。

部屋に着いたら頭の黒い袋は外され、私はシーツも何もかけられていないウッドフレームの質素なベッドの上に、手だけを縛られたまま放り出された。

男達がいなくなってから部屋を調べてみたが、この部屋は二階にあるようで、少し高い場所には窓枠の下側を軸にして、外側に少し倒れる三十センチ四方の窓があった。

外倒し窓は開いても幅が狭く、さすがにここからは逃げられそうになかった。

「しばらくは言うことを聞いて、チャンスを伺うしかないわね……」

そう覚悟を決めて、私は別荘で過ごしだした。

そのまま部屋で気絶したフリを続けていたのだが、
と、ヒロシの方に揺り起こされて、スマホを顔へ向けられたのだ。

「あんたの声を聞かせてくれってさ……」

部屋に入ってきたヒロシは、目だし帽と呼ばれる目と口しか出ていない黒いフェイスガードを被っていたので、どんな人相なのかは分からない。

だが、体型は小太りで、こんな暑い夏に目だし帽なんて被っているから、私の横で立っているだけなのに「ふぅふぅ」と肩で息をしていた。

一瞬、「こんな奴なら手が縛られていても倒せるかも」と思ったが、犯人グループの人数がハッキリ分からない状態だったので、この時は止めておくことにした。

スマホに耳を近づけてみたら、電話からは高山の声がしてきたが、なぜか「執事の舞鶴です」と名乗っていた。

どうして高山が執事？

まったく意味は分からなかったが、私は何かの作戦だと考えた。

そこは半年間一緒に警四をやってきた仲。

言葉は交わさなくとも高山の考えていることは、なんとなく分かった。

だったら……。

そこで私は監禁されているであろう「清里」という地名が伝わるように、明日の夕食の献立を暗号として送ったのだ。

きっと、はるかもいるはずだから、あれで分かってくれると思うけど……。

電話を終えると、ヒロシはスマホを持って部屋から出ていった。

高山との電話から、かなりの時間が経ったような気がする。

私が特に行動も起こさずに仮眠していたのは、今夜が勝負になると考えていたから。

ベッドから体を起こそうとするが、両手が後ろにあるので勢いがいる。

私は腕の力に頼らず、腹筋だけで「はっ」と上半身を持ち上げた。

「ったく、開放されたら同じ格好で取り調べしてやるんだからっ」

ハッキリとは分からなかったけど、窓から見上げた月を見た感じでは、時刻は0時を回ってしまったようだった。

その時、不思議な音が聞こえてきた。

カタンタカン……カタンタカン……カタンタカン……。

「こんな時間に、國鉄小海線に列車？」

私は監禁場所が清里付近と考えて、高山からかかってきた電話に向かって地名のヒントを散りばめたメッセージを送った。

そう考えれば、たまに聞こえてくる列車の走行音は、國鉄小海線しかない。

國鉄小海線の時刻表をはるかみたいに正確には覚えていないけど、たぶん、ローカル線だから21時か、遅くとも22時には最終列車になるはず。

それなのに……0時を回ってからも列車の音が聞こえてきたのだ。

「もしかして⁉　ここは清里じゃないの⁉」

自分が間違えてしまったのではないかと、一気に不安に陥った。

だが、すぐに首をブルッと左右に振った。

「そんなことはない。場所は間違っていないはず……」

そして、月を見上げて思い直す。

「きっと、警四のみんなが、今夜ここへ助けに来てくれる！」

そんな信頼が私の胸の底にあった。

だけど、このまま鉄道公安隊が救出に来た時に「何もしていませんでした」では、鉄道公安隊員として情けない。

そもそも、私が気を許していたことで、多くの人に迷惑をかけているのだろうから。

「こっちも少しは動いておかないとねっ」

どういうつもりか分からないが、犯人らは足を拘束しなかった。

だから、普通に立ち上がって、部屋の扉まで移動出来る。

扉に背中を向けて縛られた両手でノブを握って動かすが、やはり鍵はかかっていた。

「じゃあ、仕方ないわね」

私は少し下がって足で扉をガンガンと蹴る。

「すみませ～ん‼　ちょっとよろしいかしら～」

一応、お金持ちのお嬢様風に話しているつもりだけど、高山に言わせれば「そういうことじゃない」みたい。

目だし帽を被る時間がいるのか、犯人らはすぐにはやって来ない。

やがて、階段を登ってくる足音が近づいてきたので、私はスカートの中で膝と膝をくっつけて内股気味にして扉の前で待つ。

一応、なるべく優しい笑顔も作ってみた。

全て私が「か弱いお嬢様」と思ってもらえるように考えてだ。

「なんですか？」

来たのはヒロシの方だった。

「あのぉ～お手洗いをお借り出来ますかしら～？」

さすがに部屋の中で済ませろとは言わないだろう。

「**兄さ～ん！　彼女がトイレを借りたいって～～**」

ヒロシは一階に聞こえるような大きな声で叫んだ。

もちろん、これは脱出ルートを探すために部屋を出る理由として考えたことだったが、こうして大声で言われるのは少し恥ずかしい。

「しょうがねぇな、いいぞ」

一階から兄の声がすると、ヒロシはガチャガチャとドアの鍵を開く。

やはりさっきと同じフェイスガードを被っている。

「じゃあ、一階へどうぞ」

「ありがとうございます～」

少し赤くなった顔でお礼を言うと、ヒロシはクルリと回れ右をして二階の廊下を歩きだしたので、私はその後ろについて歩いた。

二階には二つの部屋があって、開いていた扉からもう一つの部屋をチラリと覗いたが、犯人らが使う寝室のようだった。

別荘はよくあるログハウスのようなウッディな作りで、壁は全て横に積まれた丸太だった。

壁沿いにあった階段を下りて一階に出る。

一階は十二畳くらいの部屋が壁もなくぶち抜きで繋がっていて、リビング、ダイニングとあって、奥にはアイランドキッチンを備えたウッド調のシステムキッチンが見えた。

リビングには大きな窓ガラスがいくつか並んでいたが、全て雨戸が閉められていて室内から外の様子を見ることが出来ないようになっている。

ダイニングには六人くらいが座れる長方形のテーブルがあり、そこには兄さんと呼ばれる男が、やはりヒロシと同じ目だし帽を被って椅子に座っていた。

顔の感じは分からないが、ほっそりとした普通のおじさんって感じで、とても体を鍛えている屈強な感じには見えない。

前祝いのつもりなのか、普段から晩酌をするタイプなのか、テーブルには潰されたビールの空き缶がいくつか転がっていた。

既に全てのビールを飲んでしまったらしく、赤ワインのボトルとワインの注がれた二つのグラスが、空き缶の横に乾きもののおつまみと一緒に無造作に置かれている。

やはり二人しかいないみたいだし、何か動きが素人っぽい。

こんな連中だったら……。

両手さえ自由になれば簡単に鎮圧出来ると、私は思った。

「トイレはその奥だから」

ヒロシがキッチンの横にあった扉を指差す。

「ありがとうございま〜す」

ニコリと笑った私は、わざとらしくモジモジしてから背中を向けた。

「あっ……あのぉ……これを外して頂けますか?」

「あっ、そっか。手を縛っていたよね」

「さすがに……これで用を足すのは……その……ちょっと……」

ヒロシは切るものを探しにキッチンへ歩いていこうとする。

狙い通りになったので、ニコリと笑顔で見送る。

「私、絶対に逃げませんから……」

私もウソは言っていない。

自由になった瞬間に、二人ともぶちのめして逮捕してやる！

私が一階に出てきた瞬間から、ジッと目で追っていた兄が声をあげる。

「ちょっと待てよ、ヒロシ！」

「なんだい？　兄さん」

ヒロシはキッチンの引き出しから出したハサミを持った手をとめる。

「それは～ダメじゃねぇの？」

「どうしてだよ？　縛られていたらトイレしにくいじゃないか」

「バカやろう。人質っていうのは、そういうもんじゃんかよ」

なんだか雲行きが怪しくなってきたので、私はアハアハとあいそ笑いをした。

「でも～これでは……その～脱いだり、穿いたりが……」

自由になるためとはいえ、自分でそんなことを言っているのが恥ずかしくなってしまい、うなだれた。

すると、兄はニヤニヤと笑う。

「だったら俺が手伝ってやろうか？」

「なっ、なんだとっ――――!?」

思わずお嬢様キャラを忘れて、すごんだ大声を出してしまう。

そのリアクションに、兄の目が点になる。

「おっ、おい……おまえ……」

驚いて引いた兄の額から汗がタラリと流れだしたので、私はアハアハとあいそ笑いを振りまきながら必死に取り繕う。

「オホホホ〜ゴメンあそばせ〜〜〜。突然、お恥ずかしいことを言われたので、思わずビックリしてしまいましたわぁ〜」

「それはなんとかハラスメントじゃないの？　兄さん」

ヒロシは素直な性格で、私のことを心配してくれた。

「人を拉致しておいて、そんな小さなこと気にしてどうすんだよ、ヒロシ」

「そっ、そりゃ〜そうだけど」

「何かのドキュメントで見たけどよ。拉致監禁するときゃ～人質のトイレまで監視しているもんじゃなかったか？」

この男、トイレの中までついて来る気⁉

「そうなの？　そんな番組なんて見たこともないけど……」

ヒロシは諦めたような顔になって、ハサミを引き出しに戻す。

「そこまではしねぇけどよ。腕の縛りを外すのはナシだろう。もし、それでなんかあったら伊奈さんにすげぇ～怒られるぜ」

「そっか……伊奈さんなら、すごく怒ってきそうだね」

ヒロシは残念そうに肩を落とした。

こいつら以外に伊奈っていう奴がいるのね……。

「その伊奈さんはどこにいらっしゃるの？　これを『外してもいいか？』聞いて頂けませんこと」

私はバカな子のフリをして、首を左右に振って探す。

「伊奈さんは、まだここへ来ていないんだ」

ヒロシが普通に口を滑らすと、兄がガッと上半身を起こす。

「おい、ヒロシ！　そんなことペラペラしゃべっちゃダメだろうが」

驚いたヒロシはハッとする。

「あっ、そうだね。ゴメンね、兄さん」

やっぱりこの二人は、根っからの犯罪者じゃなさそう。

こういうことは初めてらしく、全ての言動と行動が素人臭い。

いつもテロリストであるRJを相手にしている私には、そう思えた。

犯人グループは、全員で三人以上。

そのうち、二人がここにいて、少なくとも一人は別行動をとっているようだ。

そいつが脅迫とか現金受け取りを担当している「リーダー的な存在」ってことかしら？

私はそう考えた。

「ごめんね。そのままでトイレにいってくれる？」

すまなそうな顔で、ヒロシがちょこんと頭を下げた。

「分かりました〜」

私は両手を後ろにしたまま、トイレへと続く通路へ歩いていく。

「困ったら、いつでも呼んでくれていいんだぜ〜」

背中に兄のセリフがぶつかったが、私はギリッと奥歯を噛むだけだった。

ったく、バカ兄貴がっ。手が自由になったら……覚えておきなさい。

通路の入口にはドラム型洗濯機と乾燥機が二段重ねで置いてある洗濯乾燥室があって、トイレへ続く茶色の木のドアはその先にあった。

背中向きにドアノブを掴んでドアを開いて中に入り、ドアを閉めてから鍵をおろしてロックする。

トイレは洗面所と一部屋になっていた。

すぐに脱出路がないか、周囲の窓をチェックする。

トイレと洗面所には、明かり取り用のはめ殺しの小さな窓しかない。

「ここはお風呂場？」

洗面台の横にあった縦折りのステンレスドアを肩で押し開くと、足が延ばせそうなくらいの大きな浴槽のあるベージュのシステムバスだった。

風呂場の窓はオーニング窓と呼ばれる、小さな長方形のガラスが連なった窓をハンドルで一斉に開閉させるタイプの窓だった。

お湯は張られていなかったので、私は洗い場を抜けて浴槽の縁に立ち、背中越しに目いっぱいに力を入れて両腕をあげ、オーニング窓のハンドルを掴んだ。

「あれ？」

普通なら簡単に回るはずなのに、ここのハンドルは少し回っただけでびくともしない。

ここからの逃走も考えて、一階の窓には全て開かないような細工がしてあるってこと？

なんとか少しだけ開いた隙間に顔をつけて外を見たら、割合ここからでも高さがあることが分かった。

たぶん、別荘地ではよくある高低差のある土地対策のために、一階部分までを高床式にして底上げをしているタイプなのだろう。

その後も色々と調べてみたけど、風呂場からも外へ出られそうになかった。

「一階からも逃げ出せない……ってことね」

浴槽の縁から飛び降りた私は、風呂場から出て洗面台の前に戻る。

ステンレスドアを閉じる時にオーニング窓を見たら、ほんの数ミリだけ開いたままになっていた。

「あの二人は間抜けっぽいけど、もう一人の伊奈って奴は頭が回るみたいね」

そして、私は確信した。

「そいつが……今回の計画を考えた、やっぱり主犯ってことね」

どう考えてもリビングにいる二人には、こんな綿密な計画は立てられない気がした。

二人はなんでもしゃべってしまう間抜けなところがあって、私の監禁についてもあまり徹底していなかった。

もう一人の伊奈という奴は「金持ちのお嬢様を誘拐して身代金を奪おう」ということを考え、予め逃げ出しにくいこういう別荘などを準備してから、リビングの二人に拉致と監禁だけを担当させたのに違いない。

そして、ターゲットをネットニュースで探していたのだろう。

その時、私達の活躍を見つけ、熱海へ拉致しにきたに違いない。

極論、金持ちの子息や孫なら、誰でもよかったのだろう。

「だとしたら……伊奈はそろそろここへ、やってくるのかしら？」

私がそんな推理をしていた時だった。

ドン！　ドン！　ドン！　ドン！　ドン！

鍵をしたドアを思いきり叩く音がする。

「おいおいっ、いつまで入っているんだぁ～？」

兄の方がやってきたみたいだった。

「すみませ～ん。すぐに出ますので～」

お嬢様風に気持ちを切り換えて、私はドアに向かって言った。

「モタモタしていると、ここを蹴破っちまうからな～」

「急いでいるんですけどぉ。こんな感じで両手を縛られている状態で～、お手洗いなんて使ったことありませんのでぇ～時間がかかるんですのよ～」

それの何が楽しいのか分からないが、兄はアハハハと大笑いした。

「早くしろよ～お嬢様っ」

最後にもう一度ドンとドアを叩いてから、男はリビングへ戻っていく。

「仕方がない。今は待つしかないわね」

私が諦めてリビングへ戻ろうと、ドアの鍵を背中向きに持った時だった。

私はピクリと鼻を動かす。

「……なに？　この焦げ臭い匂いは？」

微かにだけど、木が燃えているような匂いがしている気がした。

私は鼻をクンクンしながら匂いにつられるように、さっき開いた風呂場のドアを再び開いて中に首を突っ込んだ。

そうすると、匂いがもっとハッキリしてきた。

「こっちの方から、焦げ臭い匂いがしてきている……」

この匂いは、どうも外から風呂場に入ってきているようだった。

私は再び足を上げて浴槽の縁に立ち、オーニング窓に顔を近づける。

鼻を隙間に近づけてみたら、焦げ臭さがもっとハッキリした。

それはすぐ近くでキャンプファイヤーか焚火でもやっているくらいの強さだった。

しかも、耳を澄ませてみたら、パチッパチッと木の中に入り込んだ水分が、炎によって急速加熱されて起こる水蒸気爆発の音が聞こえていた。

「かっ、火事⁉ しかも、火元はこの別荘じゃないの⁉」

そんなことを言っているうちに、ボンッと小さな爆発が起きて赤い光が舞い上がる。

下で起きた炎の光で、オーニング窓がオレンジに染まりだした。

その時、再びトイレの扉がドンドンと外から叩かれる。

「あの～そろそろ出てきてもらえませんか～」

状況を理解していないヒロシは、呑気な感じでそんなことを言っている。

「そんなこと言っている場合じゃないわよっ」

私は急いで浴室からトイレに戻ってドア越しに叫ぶ。

「**火事よっ――‼**」

だが、ヒロシは笑うだけだ。

「アハハハ……そんなバカなぁ～」

「本当よっ」

「あれですよね？ 『火事だ〜』とか言って僕らを焦らして、三人で外へ出たところで一目散に逃げだしちゃう作戦……みたいな」

ヒロシはクスクス笑いながら言う。

「そんなんじゃないんだってばっ！ 分かんない奴ねっ」

そこで浴室に向かって振り返ると、火の勢いは一気に増してきており、バチバチと外から音が聞こえてオーニング窓は焼却炉ののぞき窓のように煌々と光り出していた。

更に有害そうな濃いグレーの煙が、数ミリ開いた窓の隙間からすぅぅと不気味に入り込み始めている。

火の勢いはあっという間に凄まじくなり、ここにいても熱を感じるくらいだった。

ったくもう！

私は背中をドアに向けると、鍵をパチンと開いてドアノブを一気に引いた。

体重をかけていたヒロシが、ドアと一緒に「おっと」とトイレへ入って来る。

こうなったらお嬢様キャラなんてやってはいられない。

「**見れば分かるわよ――――!!**」

私は顎で浴槽を指す。

「そんな火事だなんてぇ……」

そこまで言ったヒロシはあ然となって黙り込み、ゴクリとツバを飲み込んだ。

ヒロシの瞳がオレンジに染まる。

「どっ、どうしよう……」

狼狽えるヒロシの背中に、私は声をぶつける。

「何言ってんのよ⁉ 逃げるしかないでしょ！」

「にっ、逃げる？」

予想外のことにヒロシはパニくり、考えがすぐにまとまらないようだった。

「あんたっ、焼け死にたいの⁉」

私は背中を押すように大きな声で叫んだ。

「そっ、そうだ。そうですよね！」

私の勢いに気圧されたヒロシは敬語で答える。

私は動かせる首を振って、顎先で必死にリビングを指す。

「分かったら！　玄関へ急いでっ。まず避難！　それから消火よっ」

ヒロシは「はっ、はい」と頷いて、こけそうになりながらリビングへ走った。

私とヒロシが先を争うように、リビングに飛び出して一緒に叫ぶ。

「火事だっ――――‼」

「火事よっ――――――‼」

酒が入っていることもあって、兄はまったく信じようとしない。

ただ、アハハと笑うだけだ。

「そんなバカなことがあるわけないっしょ。ヒロシまで一緒になって……」

兄は右手をヒラヒラと振ってバカにした。

「本当なんだよっ、兄さん！」

ヒロシが両腕を広げて必死に言い放ったが、兄はフフフフッと微笑む。

「あれだろう？　お嬢様が『火事だ～』って叫んで、それで俺達が焦っちゃって『みんなで逃げるぞぉ』って外へ出たら、逃げ散らかしちゃう作戦なんだろ？」

弟のヒロシの言うことを聞く気は、まったくないようだった。

だから、私が代わって兄に言う。

「そんなことしたって、逃げられないのは分かるでしょ！」

私とヒロシでトイレの方を振り返ると、ドアからヘビのようにうねりながらグレーと白の煙がぬらりぬらりと迫ってきていた。

私と顔を見合わせたヒロシが兄の顔を摑んでトイレへ無理矢理向けて、一緒に叫んだ。

『あれを見ろ――――――――――――――――!!』

「何を言ってんだよ～お前らはよぉ～」

そこで初めてしっかりと目の焦点を合わせた兄は、瞬間に体を凍らせた。
更に炎は大きくなっており、浴室からメラメラと見えるくらいに成長している。
一気に酔いが醒めた兄は、ゴクリと喉を鳴らしてからトイレのドアを指差す。

「家が燃えてんじゃねぇか――――――――――――!!」

上半身を曲げた私は、兄の顔に向かって叫ぶ。

「だからっ、そう言ったでしょ！」

「どっ、どうすりゃいいんだ……」

まったく……この間抜け兄弟は!?

「あんたも何言ってんのよ!?　逃げるしかないでしょ！　兄弟で焼け死にたいの!?」

「そっ、そうっすよね！」

兄もヒロシと同じように、私に敬語で答えるようになった。

「早く玄関から脱出！」

「分かりやしたっ」

兄が立ち上がったのを合図に、私とヒロシが玄関へ向かって走る。

最初に辿り着いたヒロシが、ドアノブに手をかけて押し開こうと力を入れた。

ガシャン！

だが玄関ドアは開かず、鈍い金属音が鳴っただけだった。

「ちゃんと鍵を開けてからドアを押しなさいよっ」

私はそう注意したが、ヒロシは顔を左右に必死に振る。

「かっ、鍵はちゃんと開いてますよ。開いているのにドアが開かないんですって」

「どういうことよっ⁉」

ヒロシは鍵を色々と回してみるが、何度やってもガシャンという音がするだけだった。

「ちょっと代われ！」

兄がヒロシに代わって、玄関ドアに取り組むが状況に変化はない。

鍵が開いている状態にも関わらず、玄関ドアはびくともしないのだ。

「外から鍵……かけられてんじゃねぇ？」

「あんたねぇ。ここは刑務所じゃないのよ？　どこの家が屋外から鍵をかけられて閉じ込められるような構造になってんのよ？」

「そりゃ〜そうなんすけど〜。本当にそうなっちまっているんで……」

どうやっても開かないと分かった兄は、力任せに玄関ドアを蹴りまくる。

だが、ぶ厚い丸太を組み合わせて作られている玄関ドアは頑丈だった。

大して鍛えてもいない中年男の蹴りくらいでは、鍵を壊すことも、扉の一部を破壊するこ
ともまったく出来なかった。

そうこうしているうちにリビングに白い煙が満ちてきて、三人ともゴホッと咳込んだり、
目は赤くなってショボショボし始めた。

「二人共、立っていたら危ないから！　なるべく姿勢を低くして」

私が言うと、二人は「なんで？」って顔をしながらも四つん這いになっていく。

「そうすれば服に火がつきにくくなるし、床の低いところに空気は残るから」

「そっ、そっか……」

簡単には避難出来ないと分かった私は、延焼を抑える努力をする。

「ヒロシ！　とりあえず、トイレのドアを閉めてきて」

「あっ、あのドアを⁉」

火が迫るドアにヒロシは尻込みをする。

「大して持たないと思うけど、空気を遮断出来れば延焼速度を遅く出来るから」

「わっ、分かったよ」

トイレへ向かって動き出すヒロシを見ながら、今度は兄の方に言う。

「どこか窓が開かないか見て！」

「分かった。窓だな」

兄は周囲のガラス窓を開いて、閉められている雨戸をガタガタと鳴らす。

「ダメだ！ 雨戸がびくともしないっすよ。これ外から釘かなんかで、打ちつけられているんじゃないすか⁉」

私は必死に雨戸を開けようと努力している兄に聞く。

「どうして、そんなバカなことしたのよっ！」

「俺達じゃねえっすよ」

「あんた達じゃない？ どういうことよ⁉」

「この別荘を用意したのは、伊奈さんなんすからっ」

「伊奈さん？」

パニくっていた兄は、頷いてペラペラとしゃべりだす。

「この誘拐計画を立てた人っすよ。伊奈さんが全て計画を立てて、俺達は『このお嬢様を拉致して、ここへ監禁しろ』って指示を受けただけっすから」

「この別荘を用意したのは……伊奈って奴……」

私は推理しようと考えたが、今はそんな時間はない。

兄はガラス窓を開けるのを諦めて、這う這うの体で私のところへ戻ってくる。

煙が広がる中で激しい動きをしたので、ゴホゴホと咳をしながらうずくまる。

「兄さん！」

なんとかトイレのドアを閉めてきたヒロシが、兄の横に駆け寄って体を支える。

トイレのドアを見つめたが、既に周囲の隙間から炎が出始めていた。

「たぶん、もうそんなに持たないわね」

浴室から入り込んできた煙がリビングダイニングに充満し始め、リングライトのある天井付近は霧がかかったように真っ白になりつつあった。

浴室は完全に焼け落ちたらしく、炎が天井へ向かって伸びつつあるのが見えた。

このままじゃ……全員が炎に巻かれて死ぬ！

そう感じた私は、縛られた両手をヒロシに向ける。

「ヒロシ！　ハサミ持ってきて、これをすぐに切って！」

「えっ……それは……」

鋭い目つきになった私は、大きな声で命令する。

「早くしなさい！　そうしないと全員、ここで焼け死ぬわよっ」

パシンと気をつけの姿勢をとったヒロシは「はい」と答えてキッチンに走った。

もちろん、キッチンも煙に占領されつつあった。

ゴホゴホと咳込みながらヒロシはキッチンの引き出しをあさり、ハサミを取り出す。

そのまま勢いよく玄関へ戻ってきて、私の結束バンドをパチンと切った。

「ありがとう。よしっ、ここから脱出するわよっ」

顔を見合わせた私達は、コクリと頷き合った。

その時、私の胸元から何かが落ちてきた。

０６　眠った桜井を起こすには……

制限解除

「やっぱり簡単には、見つけられないか……」

俺は小海さんと一緒に、國鉄小海線沿いを早足で歩いていた。

「清里の線路沿いって言っても……かなり家があるね」

「どんなに金持ちがいるんだよ、ったく」

「みんなお金持ちってことでもないと思うけど～」

小海さんはフフッとあいそ笑いした。

俺達は駅から線路に沿って歩きつつ、一軒一軒調べながら歩いていた。

時刻が深夜だったこともあって、出て来てくれない家も多く、捜索は簡単には進んでいなかった。

その時、俺はスンッと鼻を鳴らす。

「どうしたの？　高山君」

「何か匂いがしない？」

「匂い？　どんな？」

俺達は立ち止まって、周囲の匂いを嗅いだ。

「ほら……焦げ臭いっていうか、焚火の匂いっていうかさ～」

周囲にはそんな香りが漂っていた。

「別荘地は、そういう匂いはよくするよ」

「そうなの？」

小海さんは近くのログハウスの軒先に積み上げられた薪の山を指差す。

「こういう別荘の暖房は薪ストーブだったり、暖炉だったりするからねぇ。余裕のある人なら石窯でパンやピザを焼いたりするし」

「そっか、だからこんな匂いがするんだ」

きっと、都会ならこうした匂いがすれば「火事!?」とか思ってしまうが、こうした別荘地なら珍しいことではないようだ。

俺達が再び線路沿いを歩き出した時だった。


ピィイイイイイイイイイイイイイイイイイイイイイイイイ!!


甲高いホイッスルが深夜の清里に鳴り響いた。

『**この音は!?**』

俺と小海さんは顔を見合わせる。

「**桜井だ！**」

「あおいねっ！」

俺達は微笑み合いながら同時に言った。

その音は間違いなく、鉄道公安隊員が使用するホイッスルの音だった。

そんなものを清里で深夜に思いきり吹き鳴らす人など、他にいるはずがない！

すぐにまたピィィと音が聞こえた。

小海さんが目を瞑りながら耳の後ろに両手を立てる。

「こっちよ！」

小海さんが線路から離れるように続く道を指差す。

「じゃあ、急ごう！」

俺達はアスファルト道路を必死になって駆け出した。

鼓動はバンバン高鳴る。

何かヤバイ事態になったのか⁉

桜井は俺達が近くまで来ているとは知らないのだから、ホイッスルを吹くということは「殺されそう」みたいな危険が迫り、無我夢中で吹いたかもしれないってことだ。

ホイッスルなんて吹いたら、確実に犯人らを刺激するのだから……。

走っていくと、焦げ臭い匂いがドンドン強くなってくる。

「薪ストーブって、こんなに匂いがするの？」

小海さんは首を傾げながら走る。

「こんなに匂いはしないと思うけど～」

「そうだよね。こんな匂いがしてしまったら、絶対に近所迷惑だよね」

線路から百メートルくらい離れたところで、俺は驚愕の光景を目にする。

周囲に建物のない少し奥まった林の中に立つログハウス風の建物が、大きな炎をあげて燃え始めていたのだ！

火は建物の後ろ側から発生したらしく、後ろからの炎がメラメラと二階へ向けて登っている最中だった。

その時、その火事になっている家からホイッスルの音が響く。

顔を見合わせた俺と小海さんは目を大きく見開く。

『あの中にいる――‼』

俺は全速力で燃えている家へ向かって走った。

小海さんは走るのが遅いのですぐに出遅れたが、俺はかまわず走り続けた。

道路から続く未舗装の砂利道を走っていくと、手前にウッドデッキを備えた、少し高床になっている鎧戸のように木を重ねた壁を持つ白い建物があった。

建物からはもうもうと真っ黒な煙が上がっているが、なぜか人は誰も出ておらず、一階の全ての窓は雨戸が閉じられていて、玄関も開いていなかった。

玄関近くまでいくと炎の強い熱を感じるくらいだった。

俺は右手を額にあてる。

「どうして⁉ この中にいるのに桜井は出てこないんだ⁉」

その時、息を切らせながら小海さんが追いついてくる。

「きっと、閉じ込められているのよ！」

「あいつら現金を受け取ったから『人質に用はない』ってことで、自分達は逃げ出して桜井だけを閉じ込めて放火したってことか⁉」

「きっと、そうよ！」

俺は口の横に両手を立てて叫ぶ。

「**桜井――‼　助けに来たぞ――‼**」

すると、玄関ドアからドンドンという音が返ってきた。

人命救助が先だけど、このままでは延焼の危険もある。

そう思った俺は小海さんに指示をした。

「小海さんは電話して救急車と消防車を呼んで！　俺は桜井を助けるから！」

「分かった！」

小海さんは電波が届くところを探して離れて、スマホを取り出して電話をかけ始めた。

建物の右側にあった玄関に急いだ俺は、頑丈そうな木の玄関ドアを見て驚く。

「なっ、なんだこりゃ⁉」

なぜか玄関ドアにはカンヌキのような太い角材が横に通されていて、絶対に外へ向かって開かないように細工されていた。

更にカンヌキが簡単に外せないように、ボルトで固定されている。

「だっ、誰がこんなことを⁉」

俺は玄関ドアをドンドンと叩きながら、中の桜井に向かって叫ぶ。

「桜井！　高山だ――‼　今、助けるからなっ」

「…………」

だが、室内からホイッスルの音さえも返ってこなくなっていた。

やばい、煙を吸って気を失ったのか⁉

俺は固定しているボルトを壊すため、バールのような棒を探そうと下を向いた時だった。

いきなり建物の物陰から何者かが飛び出してきて、俺は頭の後ろを思いきり殴られた。

「うっ！」

俺はそんな声をあげて、扉から離れるように後ろへ倒れ込んだ。

「**高山君――‼**」

二十メートルくらい離れていたところにいた小海さんが叫んだ。

頭への重い一撃は脳を揺らし、視覚が朦朧とし始めていた。

もちろん、すぐには立ち上がることも出来ず、頭の後ろがズキズキする。

「ふへへ～なんだよ？　お前。もう少しで全てうまく終わるところだったのによぉ～。な～に邪魔してんだよ～俺の計画を～？」

なんとか首だけを動かして見上げると、ノーネクタイで黒いスーツを着て頭には目だし帽を被っている、細身の男が太い薪を一本右手に持って立っていた。

男は鋭い目で俺を睨んだ。

目だし帽を被っていても声は変わらない。

「お前が……脅迫してきた奴……だな」

頭が痛くて言葉は途切れ途切れになる。

男はギリッと奥歯を噛み、薪を持つ右手に力を入れた。

「はぁ～ん？　お前誰だよ。よく分からねぇ～が、俺を知ってるってことは生かしといちゃいけねぇ～奴だよな……お前」

男は右手を頭の上へあげて大きく振りかぶった。

やっ、やられる！

その瞬間だった。

バイイイイイイイイイン‼

2サイクルエンジンが一気に吹きあがる音がして、男の背中側からパッと強力なライトによって照らされた。

バイク？

「なんだ⁉」

振り返った男が眩しそうに薪を持った右手を目の上にあてて、強い光を避けようした。

そのまま真っ直ぐに走ってきたバイクは、スピードを緩めることなく突っ込んでくる。

嫌な予感がした俺は、玄関から離れるように横へ転がった。

俺の体ギリギリのところをオフロードタイヤが二つ瞬時に駆け抜け、前輪は後退りしていた男の体の真ん中に思いきりぶつけられた。

「うあぁぁぁぁぁぁぁぁぁぁぁぁ！」

男は叫びながら玄関前から吹き飛び、建物横に積んであった薪の山の上に落下した。

キィィィと大きなブレーキ音をたてて、黄緑のオフロードバイクが横に停まる。

「安心しろ、ミネウチだ」

ライダーはそう言ったが、思いきりバイクにはねられたことで、男は薪の山の上で大の字となりピクリとも動かない。

オフロードバイクには赤いヘルメットとボディプロテクター、ブーツをしたライダーが乗っていて、顔にはフェイスガードと一体型の白いゴーグルをしていた。

サッとオフロードバイクから降りたライダーが、俺の方へ歩いてきて赤いグローブをした右手をグッと差し出す。

「乱闘には間に合ったか？ 班長代理」

左手でゴーグルを外してライダーはニヤリと笑う。

「岩泉⁉」

俺が右手を掴むと、岩泉は一気に引き起こしてくれた。

「どっ、どうしてここに⁉」

「清里っていうのは聞いていたからな。家に帰ってバイクでぶっ飛ばしてきたってわけだ。そうしたら、火事が見えたから来てみたら……ってわけだ」

白い歯を見せて岩泉は微笑んだ。

だが、俺があそこで横に転がらなかったら、絶対にタイヤが俺の体のどこかを通り抜けていただろう。

だから、一応注意しておく。

「お前、俺も轢くところだったろ?」

「ちゃんと轢かれなかったろ?」

岩泉は「当然だろ」って顔で微笑んだ。

これも警四で半年間同じ釜の飯を食ってきた成果の一つと言ったところか……。

「まぁ……でも助かったよ、岩泉。ありがとう」

「それより、桜井は見つかったのか?」

ハッとした俺は、勢いよく玄関口へ飛んだ。

そして、焦りながらカンヌキをガチャガチャと触るが、ビクともしなかった。

「この中にいるんだ！　早く助けないとっ」

ノシノシとやってきた岩泉は、俺の肩に手をおいて横へどけるように力を入れる。

「ここは任せておけ」

「そのカンヌキは取れないように、ボルトで固定されて――」

そんな注意を岩泉は聞くこともない。

グローブをした両腕を組んで頭上に持ち上げると、

《**チェスト**ォォォォォォォォォォォォォォォォォォォォォォォォォォ!!》

と叫びながらカンヌキにハンマーのように打ちつけた。
その瞬間、バキンと大きな音がして、カンヌキは真ん中から折れて砕けた。
振り返った岩泉は、フンッと鼻を鳴らして右手をサムズアップにして見せる。
「いいぞ、岩泉！」
俺達はカンヌキの残骸を外して後ろへ放り投げ、玄関ドアを思いきり引いた。
ガンと大きな音がして玄関ドアが開くと、同時に灰色の煙が建物内から出てきた。
「**桜井――――!!**」
叫びながら踏み込むと、建物内には煙が充満しており奥からは炎まで迫ってきていた。
玄関には三人が折り重なって倒れていて、その中に桜井もいた。
三人とも意識がなく、ぐったりしている。
なんだ？　この二人は⁉
建物内には桜井だけだと思っていたので、三人も倒れていたのは予想外だった。
今はそんなことを考えている場合じゃない。まずは救助優先だ。

「桜井、しっかりしろ！」

　俺は急いでしゃがみ込み、桜井の両膝の下に右腕を差し入れ、左腕で背中を支えるお姫様抱っこの要領で一気に持ち上げた。

「岩泉、その二人も外へ出してやってくれ」

「了解だ！」

　岩泉は軽々と二人を両腕に巻きつけて持ち上げると、そのまま玄関から俺の後ろを追って走ってきた。

　火事の影響を受けない場所まで後退した俺は、外に置いてあったベンチに桜井を寝かせる。

　キレイな桜井の顔は、黒いススで少し汚れていた。

「桜井、桜井。大丈夫か？」

　耳元で声をかけながら、頬をペチペチと叩くが反応がない。

「確か火事の場合は……」

　こういった場合の対処方法も、特設公安科短縮講習で教わっている。

　火事場でのダメージは、大きく分けて火傷と煙による意識不明の二つ。

　まず体を触って大きな火傷をしていないかをチェックする。

　もし、火傷を負っていた場合は、すばやく冷却してあげなくてはいけない。

「大きな火傷は、ないみたいだな」

次に行うのは呼吸をしているかどうかの確認。

上半身を曲げた俺は、右手で桜井の顎を下から押し上げるようにして、左手を額に当て頭を少し立てるようにして気道を開放する。

そして、胸元に顔を寄せて、鼻から息が出ているかとか、心臓が鼓動しているかをチェックする。

「呼吸も……心臓の音も弱いかも」

こうなったら人工呼吸を行うことになる。

桜井のピンクの唇を見た俺が、ゴクリとツバを飲み込んだ瞬間、もの凄い勢いで小海さんに横から吹き飛ばされた。

「**あおい――‼　しっかりして――‼**」

小海さんは躊躇することなく、口に空気を含み桜井の唇に自分の唇を押しつけた。

そして、新鮮な空気が入るように、小まめに人工呼吸を行う。

その度に桜井の胸がすっと膨らむのが分かった。

「こんなことで死なないでよっ！」

小海さんの目からは涙がポロポロとこぼれ落ちた。

空気を肺に何度か入れたら、桜井の胸にピタリと耳をあてて心音を聞く。

「大丈夫……心臓は動いている」

涙で顔をグシャグシャにしながら、小海さんは必死に桜井の肺に空気を送り続ける。

その時間はきっと一分くらいのことだったが、見守る俺には数時間に感じられた。

数十回目の人工呼吸をやった小海さんが、必死の顔で俺の方を向く。

「それ貸して!」

小海さんは俺のショルダーホルスターからオートマチックを引き抜く。

「なっ、何すんの⁉ 小海さん」

俺が制止するよりも早く、小海さんは銃を宇宙へ向けてトリガーを素早く引いた。

「起きてよ――‼ あおい――‼」

タ――――――ン‼

オートマチックの乾いた射撃音が、清里の夜に響き渡る。

一発の銃声がこだまして、ターンターンと小さく何度も聞こえた。

その瞬間、驚いたことが起こる。

「**ゲホゲホゲホ……**」

突然桜井は激しい咳をしながら目を覚ましたのだ！

「あっ、あおい……」

嬉しくて小海さんの目から涙が再び溢れだした。

桜井は無理やり上半身を起こそうとしつつ、虚ろな瞳で呟いた。

「しゃ……射殺してやる」

そんな桜井を見た岩泉がガハッと笑う。

「眠り姫が、お目覚めのようだな」

岩泉と顔を見合わせた俺は、呆れて両肩をひょこんと上下させた。

「銃声で目を覚ますお姫さんって……」

小海さんは起こした桜井の上半身をしっかりと抱きしめる。

「あおい〜〜〜」

涙でぐしょぐしょになった顔を押しつけながら、小海さんは泣き続けた。

やっと、桜井の意識も戻ってくる。

「あれ……みんな？」

「迎えに来たよ、警四全員でな」

俺は桜井に微笑みかけた。

それだけで、ここまでの行動が全て桜井に伝わったような気がした。

「そう……ありがとう、みんな」

最初は微笑んでいた桜井だったが、だんだん意識がしっかりしてくると口を尖らせる。

「てかっ！ 遅いわよっ、高山」

「しょうがねぇだろ～」

「もうちょっとで焼け死ぬところだったじゃない」

そこで、岩泉はクルリと後ろを向く。

「そういや、こいつらは誰なんだ？」

そこには桜井と一緒に家の中で倒れていた男が二人いて意識は戻っていたが、なぜかガタガタと体を震わせていた。

「しゃ、射殺は勘弁してくださいよぉ～」

チャラい方の男がペタリと土下座をしながら言い、

「おっ、俺達……しっ、死刑になるようなことまでは～その～」

もう一人の小太りの男は、完全に腰が抜けて動けなくなっていた。

二人の視線はまだ煙をあげていた小海さんの右手の銃にあった。

まぁ、初めて銃撃を間近で見たら、だいたいこうなるよな。

すっかり忘れてしまった一般の人の感覚を思い出す。

桜井は右手をチョキにして、すっと二人を指す。

「その人達が私を拉致したのよ」

意外な答えに俺達は一斉に声をあげた。

『えっ――!? こいつらが犯人の一味なの――!?』

なぜか桜井は拉致犯と一緒に火事で死にかけていたのだ。

「そうよ。この人達が拉致した犯人で、確か『伊奈』とかいう主犯が他にいて、そいつが計画して脅迫もしていたらしいわよ」

岩泉がフムと腕を組む。

「どうして? 犯人と一緒に焼け死にそうになっていたんだ?」

「知らないうちに玄関ドアは開けられないように、外から細工されていて、その上で外から火をつけられたからよ」

「なんでそんなことしたんだ?」

岩泉は拉致犯の二人を見下ろしたが、それについてはまったく分からないらしく首をブンブンと左右に振るだけだった。

「そんなの分かんねぇすよ。気がついたら出られなくなってたんすから」

「自分達でそんなことは出来ないですからね」

話を聞いていた俺は、フッと一つの推理を思いついた。

「きっと、その伊奈って奴が、身代金を独り占めしようしたんじゃないか？」

拉致犯の二人の目が大きくなり、俺に前のめりになる。

『独り占め!?』

「身代金は伊奈が受け取ったんだから、もう君達には用はなかったんだよ。だけど、犯人が逮捕されるなり死亡しない限り、この事件の捜査が終わらない」

「そういうことっすか！」

チャラい方は俺の推理が、そこで分かったようだった。

「だから、ここで火事を起こして君らが死ぬば……」

「犯人死亡で『一件落着』ってことっすね」

「たぶんそうなるよね。監禁中に風呂の事故で火災になって、犯人も人質も煙に巻かれて死亡……。伊奈は三人が死んだらカンヌキだけ回収するつもりだったんじゃない」

俺はフッと笑った。

完全にハメられて死にかけた二人は、両手を拳にしてブルブルと体を震わせる。

『伊奈の野郎〜〜〜‼』

桜井が唇を噛む。

「じゃあ身代金……伊奈に払っちゃったんだ……。ゴメンね……私のために」

桜井がガックリと肩を落とす。

自分のミスでそうなってしまったことを、桜井はすごく気にしていた。

「いいのよ、あおいが無事なら」

小海さんはギュッと抱きしめながら微笑んだ。

俺はそこで桜井を見てニコリと笑う。

「たぶん……伊奈も確保したよ」

そこにいた全員が、目を丸くして一斉に声をあげた。

『え――――っ⁉』

「いっ、いつの間に⁉」

桜井が驚いた顔で俺を見ている。

「さすが班長代理だな、仕事が早ぇーぜ」

フムフムと頷きながら感心している岩泉の胸を俺は指差す。

「確保したのは、お前だって」

「俺～～～？」

岩泉は頭に「？」を浮べながら、右手で自分を指していた。

俺は二人の拉致犯に向き直る。

「伊奈って、いつも黒いスーツ着てないか？」

小太りの方がウンウンと頷く。

「そうです、そうです。よくご存知ですね」

俺は更に激しく燃えていた別荘の玄関を指差す。

「お前がバイクではねたろ。あいつがたぶん伊奈だよ」

「そういうことだったのか……」

岩泉は腕を組み納得して頷く。

「多摩川の河川敷で身代金を受け取った伊奈は、そのまま車で清里へ来て、別荘にカンヌキをして火を放って、焼け死ぬまで見ていたんだろ。そこに俺が邪魔に入ってしまったってことだな」

「じゃあ、これで犯人グループは全員確保なわけね」

桜井は少し嬉しそうに言うと、拉致犯二人はガックリとうなだれた。

「そういうことだな」

そこで、俺は一つ気になっていたことを思い出す。

「そういや……伊奈はどうした？ 岩泉」

「何もやってねぇよ。班長代理からあいつのことについては、何も命令されてねぇからよ」

俺の顔からサッと血の気が引く。

「ひょっとして……まだ、薪の山の上か!?」

「だろうな。あいつがゾンビになって歩き回ってなきゃ～よ」

その瞬間、建物からは大きな音が響いてきた。

ギィイイイイ……ゴォォォォォ……。

俺達の見ている前で、別荘は玄関口の方へ向かって見事に崩れ去った。

その時、周囲から大量のサイレンが聞こえてきた。

07　熱海の夏は続く　定刻よし！

桜井拉致事件（秘）の起こった週末。

俺達は相変わらず熱海の砂浜の上にいた。

ウゥウゥウゥとサイレンが鳴り響き、逆バンジージャンプのゴンドラが発射される。

そのたびに「きゃぁぁぁ‼」と水着女子の悲鳴が聞こえた。

「ったく……。毎日あっちい～～～なぁ」

手ぬぐいで汗を拭いていると、サマーベッドにトロピカルな赤いビキニで寝そべっているスタイル抜群の女子が、大きなサングラスをしたまま艶めかしく右手を挙げる。

「お兄さん、ピニャコラーダを一杯」

「國鉄海の家には、そんな洒落たカクテルなんてもんはないし、未成年が昼間っから堂々と酒飲もうとしてんなよ、乃亜（のあ）」

サングラスを下へズラした乃亜が、大きな瞳を見せてフフッと笑う。

「しょうがないわね。じゃあ、キンキンに冷えたコーラでいいわ」

「俺はボーイじゃないから」

「いいじゃな～い。私が売店に行ったら大混乱になるかもよ～」

「そりゃ～絶対になるだろうね……」

鹿島（かしま）乃亜は人気急上昇中のアイドル四人ユニット『ｕｎｏＢ』のメインボーカルで、ｕｎｏＢ

は今年の國鉄のイメージグループになり、テレビにも多く露出している。

昨年秋の「國鉄キャンペーンソング」に使用された『レールの側にある戦い！』はダウンロード数が百万回を超える大ヒットとなっていた。

午前中に横のステージでのイベントを終えた乃亜は、

「せっかくだし、少し海に入っていくわ」

と、水着に着替えてやってきたのだ。

そんな乃亜がフラフラと売店に現れれば、スマホカメラを持った人達に取り囲まれることになるのは簡単に想像がつく。

「そうでしょう～。そうなったら熱海國鉄海の家を警備されていらっしゃる『警四』さんに、多大な警備上の負担がかかるわけでしょう～？」

アヒル口にした乃亜が、ニタニタしながら続ける。

「つまり、これは警備上の負担をかけないために、親切で言ってあげているのよ～警四班長代理さん」

乃亜は長い足を優雅に組み替えた。

すると、横のサマーベッドにいたメンバーの一人の相模野々花（さがみののか）がこっちへ顔を向ける。

「お願いしま～す！　正義の味方様～‼」

胸の前でパチンとかわいく手を合わせ、パチリと右目をつむって見せた。

相模さんはスタイリッシュなアイドルって雰囲気。

肌は光を反射しそうなくらい真っ白で、髪は粒子が見えそうな輝くブロンド。

外国人のように鼻が高く、大きな瞳は夏の太陽を受けてブルーに輝いている。

フワフワしたフリルのついたピンクのワンピースの水着を着て、一つ一つの動きがとてもゆったりとしていてかわいらしかった。

だけど、そのボディは小海さんと張り合えるワガママボディ。

背は乃亜より高く、砂時計のように胸は大きくて腰は細く、まるでアニメキャラクターのようなすごいスタイルだった。

こんなに成長しているんだから、きっと俺より年上だと思うけど……実はまだ中学生。

だから一つ一つの動きはとても無邪気で子供っぽいのだ。

それがきっと「ギャップ萌」になっているんだろうなぁ。

うちの室長までがファンなんだから……。

その時、水滴のビッシリついたコーラが二本、すっと横から差し出される。

振り返ると、桜井が立っていた。

「これ以上、浜辺を混乱させないでよ」

口を尖らせながら、桜井は乃亜と相模さんにコーラを一本ずつ手渡す。

「ありがとう、あおい！」

「ありがとうございます、桜井さん」

二人はニコリと笑いながら受け取り、すぐにスクリューキャップを回してプシュと鳴らして開き、炭酸が弾ける褐色の液体を喉へ気持ちよさそうに流し込んだ。

『ふぅ～熱海國鉄海の家最高～～～‼』

二人はサマーベッドの間で、ペットボトルをぶつけ乾杯した。

それを見ながら乃亜に言う。

「もう、ご用はございませんか？　トップアイドルさん」

「いいわよ。しばらくは～」

「じゃあな。俺達は勤務中だから」

「お疲れ様ねぇ～。鉄道公安隊さんは～」

乃亜は再びコーラを飲み始め、相模さんはクルリと俺に体を向けて、

「ご苦労様です！」

と、右手を額にあてて適当な敬礼を見せた。

なんとなくクセで答礼を笑顔で返してから、桜井と浜辺を並んでビーチを歩き出す。

俺は周囲に気を配っていたが、桜井はいつもと違って下を向いていた。

そのまま歩いていると、少しお客様の少ないビーチの端の方で、突然桜井が裏返りそうな高い声で声をかけてくる。

「たっ、高山っ！」

俺は立ち止まって、グッと両手を握っている桜井に振り返る。

「なんだよ？」

俺は聞き返したが、桜井はうつむいたままで両手に力を入れてモジモジしていた。

「あっ……」

と言ったっきり黙ってしまったが、俺が待っていると絞り出すような小さな声で言った。

「あっ、ありがとう……高山」

あまりにも小さな声で、ビーチに打ち寄せる波の音に消えそうなくらいだった。

まったく……そんなこと気にすることじゃないのに……。

桜井が気負っていることを察した俺は、フッと微笑む。

「なんのお礼だよ？」

「その……救ってくれて……」

「そんなの当たり前だろ。俺達は仲間……」

そこで五能隊長の言葉を思い出した俺は、首を振ってから言い換えた。

「いや、戦友なんだから……」

ハッとしてから、桜井は少し頬を赤くする。

「そっ、そうね」

桜井は珍しく自分が救われる側になって、少しひけ目を感じているようだった。

「そんなに気にすることじゃないよ、桜井」

「でも……鉄道公安隊員ともあろう者が……よりにもよって……拉致されるなんて」

お父さんが警察官の家に育った桜井としては、きっと、こういうことはすごい黒歴史になってしまうんだろうな。

俺は少しだけ桜井の気持ちを軽くしてやろうと思った。

「じゃあ『借り』って思えば？」

顔をあげた桜井は、戸惑ったような表情を見せる。

「借り？」

そんな桜井に俺は笑顔で言った。

「俺はこれから何度も、桜井に命を救ってもらうからさ……きっとね」

桜井の顔が少しだけ明るく輝きだして元気が戻ってくる。

「……高山」

「それまでの『借り』って思っておけば？」

胸を膨らませた桜井は、すぅと空気を吸い込む。

「そうね。そう考えることにするわっ」

桜井はいつものように凛々しく微笑む。

「そうそう、その方が桜井らしいよ」

俺達は再び二人でビーチを歩き出す。

「そう言えば……飯田さんは大丈夫だったの？」

「一応……『特に何もありませんでした』と、報告はしておいたけどねぇ～」

俺は海の方を見つめる。

「絶対に全て分かってんじゃないの～？　飯田さん」

「たぶんねぇ。岩泉が列車の窓ガラスを割っているし、小海さんは清里で火事を通報しているし、拉致犯が突然長野県警に自首してきたんだからさぁ」

たぶん小海前総裁も絡んでいることもあり、あまり大事にはしたくなかったのだろう。

飯田さんは何も言わなかったけど、反対にそういう風に感じた。

桜井はフゥと小さなため息をつく。

「そういえば……あの伊奈はどうなったの？」

俺はあいそ笑いを浮かべる。

「建物が倒壊してきた時には、なんとか逃げだしたらしいけど。降ってきた木材に当たって、火傷やら打撲やらで全治六か月の大ケガで入院中らしいよ」

「まぁ、それは天罰の範疇ね」

「病院出たら、すぐに取り調べだろうしね」

桜井がグッと唇を噛む。

「その時、バレるんじゃないの？　この事件……」

「まぁ、警察と鉄道公安隊は情報共有しないそうだから。これは警察が処理する単純な『拉致事件』になるみたいだよ」

「そういうことね」

桜井は少しホッとしたように見えた。

俺はパンと手を鳴らす。
「さぁ過去を悔いても始まらない。今日の業務に全力を尽くそう、桜井！」
桜井は「そうね」と胸元に右手を入れる。
そして摑んだホイッスルを口に咥えた。
ピイイイイイイイイイイイイイイイイ!!
腰に吊っていたハンドマイクに口をつけて、ハウリング気味に叫ぶ。
《コラァァァァァァ!!　そこの男子っ、ブイを越えるなっ！》
そのまま波打ち際を目指して駆け出していく。
やっぱりこういう桜井が一番輝いている。
「暑いなぁ」
俺は雲一つない青い空を見上げて、右手でヒサシを作った。
俺達の研修は、いつ終わるのか？　今はまったく分からなかった。

〈完〉

あとがき

まず最初に、『Ｅｘｐ』シリーズの出版までして頂きました実業之日本社様に感謝させて頂きます。また、今回も素晴らしい表紙と口絵、挿絵を描いていただてておりますバーニア６００先生、編集、デザイン頂きました皆様。そして、こんな状況にも関わらず、店頭に本を並べてくださった書店のスタッフの皆様に心から感謝させて頂きます。

さて、新たに始まりました『Ｅｘｐ』シリーズはいかがだったでしょうか？

私も久しぶりに高山や桜井たち警四と話が出来て楽しかったです。

シリーズが完結したので『ＲＡＩＬ ＷＡＲＳ！』の年表を作ってみたのですが、夏はあっという間に過ぎてしまっていて、実は桜井や小海さんの水着姿が少ないことに気がつき……。

「こりゃ～バーニア６００先生に描いてもらわねば！」

と思い立ったので、まさかと思いつつ「国鉄って海の家とかやっていたか？」と調べてみたら、国鉄ではないのですがなんと！『鐵道省海の家』というのが湘南海岸（藤沢辺り）に設営されており、国鉄が創設される年まであったそうです。

昔の国鉄では「海水浴へ行く観光客」を大きな客層として見込んでおり、夏になれば駅には海のポスターが貼られ、午前中に海岸へ向かって走る「丹後ビーチ」「はしだてビーチ」「くじらなみ号」などの海水浴列車が多数あり、「袖師」「臼谷」などの海水浴シーズンにしか停車しない駅なんかも多くありました。いや～本当にお客様に寄り添った運用だったと思います。

さて、本編では高山が國鉄に入社するまでの警四での一年間を描いていたのですが、この『Exp』シリーズではその間に起きた事件を書いていきたいと思っています。なので、季節は前後していく予定です。本編では後半に事件を一気に詰め込んだので、実は春、夏、秋らしいイベントが少なく、また國鉄内の紛争に明け暮れて学生らしいところがないのですが、そういった気楽な話もやってみたいと思います。更に乃亜、氷見、士幌などの視点から、本編では描き切れなかったそれぞれの一年（ラストなど）を描けたらと思っていますので、こちらのシリーズもゆっくりお付き合い願えればと存じます。

また『RAIL WARS!』の本編の前時代で、飯田さんや五能さんが新人時代の國鉄を描く「RAIL WARS! A（エース）」シリーズの方もよろしくお願いいたします（土下座）

それでは最後になりますが、今回も本書を手にして下さったお客様に……

Special Thanks ALL STAFF and **YOU!**

二〇二一 十一月 頑張れ！ 全国の鉄道会社 豊田巧

RAIL WARS! A
レールウォーズ！エース
2
RAIL WARS! A 第2巻
エース
2022年1月
発売予定

RAIL WARS! Exp
警四☆トロピカル戦線！

2021年11月15日　初版第1刷発行

著者　豊田巧

イラスト　バーニア600

発行者　岩野裕一

発行所　株式会社実業之日本社
〒107-0062 東京都港区南青山5-4-30
CoSTUME NATIONAL Aoyama Complex 2F
電話：03-6809-0473（編集部）
03-6809-0495（販売部）

企画・編集
印刷・製本　株式会社エス・アイ・ピー

実業之日本社ホームページ　https://www.j-n.co.jp/

ISBN978-4-408-55675-8（第二文芸）